Über die Autorin

Alex Wagner, geboren 1972, wohnt in Wien. Ursprünglich Betriebswirtin, aber immer schon selbst leidenschaftliche Leserin, war es ganz unvermeidlich, dass sie schließlich die Autorenlaufbahn einschlug.
Neben Krimis schreibt Alex Wagner auch Thriller sowie historische Spannungsromane, wie z. B. "Die Toten von Vindobona", angesiedelt im Wien der Römerzeit.
Besuchen Sie die Autorin auch im Internet oder auf Facebook!

www.alexwagner.at
www.facebook.com/AlexWagnerAuthor

ALEX WAGNER

MORD IM OKZIDENT EXPRESS

Penny Küfer ermittelt

ISBN-Nr.: 9781729399835

Umschlaggestaltung: Estella Vukovic
Lektorat: Bernhard Weninger

www.alexwagner.at

1.

Wien Hauptbahnhof, 9. Dezember, 18.40 Uhr

"Penny Küfer", stellte die junge Frau mit den feuerroten Locken sich vor. Eigentlich hieß sie Penelope, aber sie hasste diesen Namen. Welche Mutter der Neuzeit tat ihrem Kind so etwas an?

Sie kannte die Antwort, lebte damit, seit nunmehr neunundzwanzig Jahren. Sie lautete: eine Frau, die selbst Frederike hieß, und die es in punkto Spießigkeit und Borniertheit locker ins Guinness Buch der Rekorde geschafft hätte.

Der Empfangsmitarbeiter, auf dessen makelloser Uniform das Logo des Okzident Express prangte, brauchte nicht erst eine Gästeliste zu konsultieren. Er schien die Namen aller Passagiere des heutigen Abends in seinem Kopf gespeichert zu haben.

Was weniger erstaunlich war, als es klang – denn der Okzident Express war der exklusivste aller Züge, die derzeit auf den Schienen Europas unterwegs waren: Er verfügte lediglich über zwölf Gästeabteile, jedes davon so geräumig und luxuriös wie eine Suite in einem Fünfsterne-Hotel.

Der Steward setzte ein professionelles Lächeln auf, deutete eine Verbeugung an und sagte: "Herzlich willkommen an Bord, Frau Küfer." Dann trat er einen Schritt zur Seite und gab Penny den Weg über den roten Teppich frei.

Der Bahnsteig am Wiener Hauptbahnhof, von dem der

Okzident Express in zwanzig Minuten abfahren würde, war für die Allgemeinheit gesperrt worden. Lediglich die Gäste des Luxuszuges durften über den hochflorigen Teppich schreiten, an dessen Beginn der Empfangsmitarbeiter wachte.

Hinter dem Mann tauchte ein Gepäckwagen auf, der wie von unsichtbarer Hand gesteuert auf Penny zuhielt und exakt neben ihrem Koffer zum Stillstand kam. Ein selbstfahrendes, mit schnittigem Design glänzendes Gefährt.

Der Empfangsmitarbeiter bückte sich und hob Pennys Gepäck auf den Wagen. Als er ihren erstaunten Blick bemerkte, lächelte er. "Bei uns ist alles High Tech", erklärte er, mit unüberhörbarem Stolz in der Stimme.

Dann presste er seinen Zeigefinger auf das Tablet, das er in der Hand hielt, und der Kofferwagen fuhr mit leisem Surren davon. "Ihr Gepäck wird vollautomatisch in Ihr Abteil befördert", sagte er. "Sie haben die Nummer 6, im zweiten Waggon von vorne. Darf ich fragen, wann Sie Ihren Begleiter erwarten, Frau Küfer?"

Ihren Begleiter. Penny biss sich auf die Unterlippe. "Ich reise allein", sagte sie, bemüht, diese Worte ganz beiläufig klingen zu lassen. Es gelang ihr recht gut, fand sie. Jedenfalls nickte der Steward wie selbstverständlich, wünschte ihr eine angenehme Fahrt, und dann war sie bereits auf dem Weg zu ihrem Waggon.

Ich reise allein. An diese Worte würde sie sich wohl gewöhnen müssen, für die absehbare Zukunft. Drei Tage war es jetzt her, dass Stefan, ihr Verlobter, sie sitzengelassen hatte. Nur zwölf Stunden nachdem ihre Mutter sie offiziell enterbt hatte, waren damit auch ihre Liebesträume geplatzt. Was für eine Woche.

Natürlich war sie streng genommen selbst schuld – an beiden Ereignissen – aber dennoch fühlte sie sich verraten. Was hatte sie denn so Schreckliches getan? Nichts weiter, als sich endlich ihren Berufstraum zu erfüllen, den sie schon mit sich herumtrug, seit sie ein kleines Mädchen gewesen war.

Vor exakt einer Woche hatte sie an der Argus Akademie ihre Ausbildung begonnen: den fünfzehnwöchigen Kurs zur Berufsdetektivin.

In den Augen ihrer Mutter war das anscheinend das gleiche, wie wenn sie sich mit Lepra infiziert hätte. Frederike Küfer war nur an einem interessiert: Prestige. Nein, halt, neuerdings hieß sie ja nicht mehr Küfer, sondern Prinzessin von und zu Waldenstein – sie hatte sich kürzlich in vierter Ehe mit dem Sprössling einer alten Adelsfamilie vermählt. Und, na gut, Geld war Pennys Mutter mindestens ebenso wichtig wie Ansehen, keine Frage. Aber davon hatte sie schon in ihrer allerersten Ehe so reichlich zusammengerafft, dass es nie ein Thema war.

Frederike hatte für ihre Tochter die gleiche Laufbahn wie für sich selbst geplant und daraus nie ein Geheimnis gemacht. Eine – oder auch mehrere – standesgemäße Ehen, ein oder zwei Kinder, ein paar karitative Engagements ... Alles, bloß keine Karriere als Berufsschnüfflerin. Was für eine Schande!

Penny zog es noch immer die Eingeweide zusammen, wenn sie an das letzte Gespräch mit ihrer Mutter dachte. Aber sie würde es auch allein schaffen. Ohne das Geld, das Frederike ihr bis jetzt so reichlich zugesteckt hatte. Von dem sie gelebt hatte, zwar nicht in Saus und Braus, aber doch sehr komfortabel, ohne sich je Gedanken machen zu müssen, wie sie im nächsten Monat ihre Miete bezahlten sollte.

Aber dennoch, sie würde sich nicht unterkriegen lassen, niemals! Klein beizugeben und reumütig wieder bei Mami anzukriechen, kam nicht in Frage. Nein, sie würde ihre Ausbildung abschließen, sich all das Wissen aneignen, das eine gute Ermittlerin brauchte, dann ein paar Jahre Erfahrung als Angestellte in einer etablierten Detektei sammeln und schließlich ihren Traum verwirklichen: ihr eigenes Büro als Berufsdetektivin.

Natürlich war ihr bewusst, dass dieser Job im Österreich des 21. Jahrhunderts nicht unbedingt mit dem Leben und den Abenteuern ihrer großen Idole zu vergleichen war. Hercule Poirot, Sherlock Holmes, Kommissar Maigret, Miss Marple, Inspector Columbo – jene Art von Fällen, die diese Meisterschnüffler routinemäßig lösten, würden Penny im wahren Leben wohl nie unterkommen. Eher untreue Ehemänner, diebische Angestellte, vielleicht mal ein vermisster Pudel ...

Nichtsdestotrotz, sie lebte ihren Traum, und schon die erste Woche der Ausbildung war ein spannendes Abenteuer gewesen. Sie hatte die ersten zaghaften Schritte in der Kriminalistik unternommen. Damit begonnen, die einschlägigen Gesetze zu studieren. Etwas über die Psychologie von Verbrechern gelernt. Und all dieses Wissen in sich aufgesaugt wie ein ausgetrockneter Badeschwamm.

Die Reise an diesem Wochenende, die Fahrt mit dem Okzident Express, von der sie so lange geträumt hatte, würde wohl ihr letzter Luxusausflug für die nächsten Jahre sein. Zum Glück hatte sie diesen bereits bei der Buchung bezahlt. Ab jetzt musste sie sich das Geld einteilen, konnte nicht mehr einfach die platinfarbene Kreditkarte zücken, die ihre Mutter ihr zur Verfügung gestellt hatte.

Ich werde diese Fahrt voll auskosten, nahm sie sich vor. Auch ohne die Gesellschaft ihres Verlobten. Sie liebte Züge fast so sehr wie Detektivgeschichten, und der Okzident Express war das Kronjuwel, was Luxuszüge anbelangte. Nicht nur in Europa, sondern weltweit.

Ganze vierzehn Stunden würden sie unterwegs sein, über Nacht, von Wien nach Paris. Der Zug war auf eine Höchstgeschwindigkeit von 280 km/h ausgelegt, das hatte Penny auf der Website des Okzident Express´ gelesen. Er fuhr aber wesentlich langsamer, denn bei der Reise ging es nicht darum, möglichst rasch anzukommen, sondern jede Minute der Fahrt zu genießen. Der Weg war das Ziel, wie es so schön hieß.

Wie eine glitzernde Schlange aus gefrorenem Quecksilber streckte sich der Zug mit seiner geschoßförmigen Lok und den sechs Waggons entlang des Bahnsteigs aus. Er war perfekt stromlinienförmig gebaut, und seine Außenhülle bestand aus irgendeinem High Tech Metall und jeder Menge Glas. Die Waggons verfügten über riesige Panoramascheiben, die sich je nach Bedarf von transparent zu milchig verwandeln ließen, und das Dach des Zuges war in gleicher Weise glasgedeckt und ebenso wandlungsfähig. Es brauchte dafür lediglich einen Knopfdruck. Auch das hatte Penny auf der Website der Zuggesellschaft erfahren. Bestimmt würde man einen herrlichen Ausblick in den Sternenhimmel haben, wenn man die Lichter in der Kabine verdunkelte.

Penny hatte gerade ihren Waggon erreicht und schickte sich an, die Stufen ins Innere zu erklimmen, da stieß der Steward, den sie eben zuvor passierte hatte, etwas aus, das sich nur als Freudenschrei beschreiben ließ.

Penny stutzte und fuhr herum.

2.

18.45 Uhr

"Frau Salmann, willkommen!", rief der Empfangsmitarbeiter. "Wie schön, Sie endlich persönlich kennenzulernen. Sie und Ihre Familie!" Der Steward überschlug sich förmlich vor Begeisterung und schüttelte aufgeregt die Hände der Leute, die sich vor ihm versammelt hatten.

Penny zählte sieben Personen, drei Männer, vier Frauen – und dann wusste sie plötzlich, woher sie den Namen *Salmann* kannte. Der großgewachsenen grauhaarigen Dame, die sich an der Spitze der Gruppe befand und eindeutig das Sagen hatte, war sie schon bei mehr als einer Gelegenheit begegnet – bei Dinnerpartys ihrer Mutter, wo die High Society ein- und ausging, bei Vernissagen und exklusiven Charity Events.

Diese Frau stand ganz oben in der Rangliste der feinen Gesellschaft. Madeleine Salmann – die Eigentümerin des Okzident Express´. Sie lebte in Paris und war eine der berühmtesten Unternehmerinnen Europas, auch wenn sie die Siebzig längst überschritten hatte. Diese Frau war ein technisches Genie, fast schon eine lebende Legende. In den Medien war sie schon mit Elon Musk, Thomas Edison oder gar Nikola Tesla verglichen worden. Sie hatte in diversen Industrien ihre Hände im Spiel, angefangen vom Tunnel- und Kraftwerksbau, über die Fahrzeug- und Rüstungsproduktion, bis hin zur Weltraumfahrt.

Den Okzident Express hatte Madame Salmann vor einigen

Jahren selbst entworfen und dabei weder Kosten noch Mühen gescheut. Der ultramoderne Luxuszug sollte das neuzeitliche Gegenstück zum legendären Orient Express sein. Er fuhr gegen Westen, statt in den Orient, und die Kritiker waren sich einig, dass er sein berühmtes Vorbild in punkto Extravaganz und Reisekomfort noch bei weitem überbieten konnte. Es war allgemein bekannt, dass Madeleine Salmann ihren geliebten Zug auch für ihre eigenen Reisen nutzte, wann immer das möglich war.

Penny überlegte, ob sie die Frau begrüßen sollte. Bestimmt erinnerte die berühmte Erfinderin sich an sie. Pennys auffälliges rotes Haar und die Tatsache, dass sie mit ihrer ungestümen Art in der High Society oft zum Elefanten im Porzellanladen wurde, hatten auch ihr Gutes. Sie blieb den meisten Menschen, denen sie begegnete, in lebhafter Erinnerung. Und nur weil sie bei ihrer Mutter in Ungnade gefallen war, musste sie deswegen ja nicht mit all deren Freundinnen und Bekannten brechen.

Mitglieder der High Society waren genau die Art von Menschen, die die Dienste eines Detektivs vielleicht einmal gut gebrauchen konnten. Es war nie zu früh, sich zukünftige Kunden zu sichern.

Penny wartete also ab, bis Madeleine ihr über den Bahnsteig entgegen kam. Die Personen, die die Unternehmerin begleiteten, liefen vorne weg. Der Empfangsmitarbeiter hatte sie als *Familie* begrüßt, doch jeder von ihnen schien darauf bedacht, möglichst viel Abstand zwischen sich und die anderen zu bringen. Ganz besonders zu Madeleine. Die alte Dame bildete die Schlusshut des Trupps, abgesehen von einer Frau in einem strengen Business-Kostüm, die in einigem Respektabstand hinter ihr her schritt.

Nein, da war noch ein zweite Frau, direkt an Madeleines Seite. Eine sehr junge und sehr attraktive Schwarzhaarige, die eben zuvor noch am Arm von einem der Männer gehangen hatte. Sie hakte sich eben bei der alten Dame unter und ging plaudernd, lächelnd und scheinbar bestens gelaunt neben ihr her.

Penny stellte befriedigt fest, dass sie bereits jetzt, nach ihrer ersten Ausbildungswoche, die Welt mit anderen Augen sah. Mit den Augen einer Detektivin! Sie nahm wahr, was um sie herum geschah, prägte sich neue Umgebungen ein, ebenso wie die Gesichter der Menschen, die sie traf, und sie beobachtete so aufmerksam wie möglich, wenn sich etwas Ungewöhnliches in ihrer Gegenwart ereignete.

Die Art und Weise, wie diese Menschen rund um Madeleine Salmann einander aus dem Weg gingen, fiel in letztere Kategorie. Ihr Verhalten war ungewöhnlich, nein, schon eher befremdlich.

Es hatte den Anschein, dass sie einander spinnefeind waren, oder jedenfalls nichts miteinander zu tun haben wollten. Die junge Frau an Madeleines Arm wiederum schien allzu sehr um die alte Dame bemüht. Ihre Freundlichkeit und gute Laune wirkten nicht authentisch.

Aber man durfte auch keine allzu vorschnellen Schlüsse ziehen, so viel wusste Penny bereits.

Sie setzte ein Lächeln auf und sprach die alte Frau an, als sie nur noch wenige Meter auf dem Bahnsteig voneinander trennten. "Madame Salmann, erinnern Sie sich an mich?" Penny wusste, dass die Unternehmerin fließend Deutsch sprach, obwohl sie ursprünglich Französin war.

Madeleines viel zu jung verstorbener Ehemann war Österreicher gewesen – ihm zu Ehren fuhr der Okzident Express die Strecke Wien – Paris, das hatte die alte Dame Penny bei einer Cocktail Party einmal selbst erzählt. Madeleines Stimme war voller Wehmut gewesen, als sie von ihrem Mann gesprochen hatte. Die beiden waren sich auf einer Zugfahrt begegnet, als sie beide noch studierten, und Penny hatte sich heimlich gewünscht, auch einmal einen Mann zu treffen, den sie über Jahrzehnte so sehr lieben könnte. Idealerweise, ohne dass er frühzeitig verstarb.

Madame Salmann blieb vor Penny stehen, musterte sie einen Moment lang mit hartem Blick, doch dann hellten sich ihre Züge auf. "Penelope, nicht wahr? Das ist aber eine Überraschung. Sind Sie heute Nacht unser Gast im Express?"

Penny bejahte.

Die streng gekleidete Frau im Business-Kostüm, die Madeleine gefolgt war, kam im gleichen Augenblick zu stehen wie die alte Dame und verharrte reglos im Hintergrund. Die junge Frau hingegen, die sich so übermäßig gut gelaunt an Madeleines Arm gehängt hatte, wäre wohl lieber weitergegangen. Sie trat von einem Bein aufs andere und nickte Penny nur wortlos zu.

"Wie schön", sagte Madame Salmann. "Ein wunderbarer Zufall. Welches Abteil haben Sie denn, Penelope?"

"Die Nummer 6."

"Sehr gut, dann bin ich heute Nacht doch nicht ausschließlich von Versagern und Harpyien umgeben." Die alte Frau machte eine abfällige Handbewegung in Richtung ihrer Begleiter, die soeben ein paar Meter weiter vorne den Zug bestiegen. Dabei war ihre Stimme so laut, dass man sie unmöglich überhören konnte. "Sie müssen mir beim Dinner Gesellschaft leisten, meine liebe Penelope."

"Gerne. Aber nennen Sie mich doch bitte Penny." Sie blickte den beiden Männern hinterher, die gerade die Stufen des vordersten Waggons erklommen. Beide waren bei Madeleines abfälligen Worten kurz zusammengezuckt, hatten sich aber nicht umgewandt oder gar etwas erwidert. Anscheinend wollten sie sich mit der alten Dame nicht anlegen. Oder waren sie an diese Art von Behandlung gewohnt?

Auf den zweiten Blick sahen die beiden Madeleine ähnlich. Und sie waren im richtigen Alter, um die Söhne der alten Matriarchin zu sein. Irgendwo zwischen Ende vierzig und Anfang fünfzig. Penny war sich allerdings sicher, ihnen noch bei keinem gesellschaftlichem Anlass begegnet zu sein.

Sie empfand Mitgefühl für die zwei Männer. Ihre eigene Mutter hatte sie auch des Öfteren behandelt, als wäre sie eine Dienstbotin. Nein, eine Sklavin. Aber damit war jetzt wenigstens Schluss. Ab jetzt konnte Frederike ihren Ehemann Nummer vier schikanieren, nicht mehr ihre Tochter.

Die alte Dame zog eine Augenbraue hoch. "Penny? Gut, wenn Sie das bevorzugen." Ein schmales Lächeln umspielte ihre Lippen, fast so, als brächte sie Verständnis für diesen Spitznamen auf.

Madeleine war auch nicht gerade ein sehr progressiver Name, aber noch tausendmal besser als *Penelope*. Und Madame Salmann war ja im passenden Alter dafür. In ihrer Jugend mochte *Madeleine* cool und modern geklungen haben.

"Dann sehen wir uns später", fügte die alte Dame hinzu. Sie setzte sich wieder in Bewegung, ging an Penny vorbei und steuerte den ersten Waggon an. Die schöne

Schwarzhaarige blieb an ihrer Seite und begann wieder zu reden. Sie sprach über Züge, mit denen sie bereits gefahren war und betonte mehrmals, wie sehr ihr der Okzident Express gefiel.

Die Frau im Business-Kostüm hingegen, die bis jetzt im Hintergrund geblieben war, trat nun vor Penny hin und reichte ihr die Hand. "Ich bin Christiane Schneiders, Madame Salmanns Assistentin", sagte sie, dann allerdings blieb ihre Chefin ein paar Meter weiter vorne stehen, wandte sich zu Schneiders um und zog gebieterisch die Augenbrauen hoch. Was wohl so viel heißen sollte wie: *Trödeln Sie nicht herum. Folgen Sie mir.*

Ein gequältes Lächeln huschte über das Gesicht der Assistentin. Sie mochte so um die vierzig sein, trug ihr weißblond gefärbtes Haar in einem perfekt gescheitelten Pagenkopf und war anscheinend sehr dienstbeflissen. Ohne ein weiteres Wort eilte sie ihrer Herrin hinterher.

Penny wandte sich um und kletterte in ihren eigenen Waggon. Das konnte ein interessanter Abend werden. Bestimmt würden sich ihr jede Menge Gelegenheiten bieten, ihre Observations- und Kombinationsfähigkeiten zu trainieren. Nicht unbedingt das gleiche wie die romantische Liebesreise, die sie sich an der Seite ihres Verlobten erträumt hatte, aber immer noch besser, als vor Selbstmitleid zerfließend in einem Luxuszug zu hocken und die ganze Fahrt lang Trübsal zu blasen.

3.

Im Okzident Express, kurz nach Wien, 19.10 Uhr

"Du musst endlich mal deinen Mann stehen, Martin", sagte Erika Salmann und bedachte ihren Gatten mit einem abschätzigen Blick. Sie saß sehr aufrecht auf dem Queen Size Bett ihres Abteils. Ihre Füße ruhten auf einer mitternachtsblauen Damastdecke, die mit dem Logo des Okzident Express´ verziert war: einer geschoßförmigen, silbernen Lokomotive, der zwei mächtige Flügel aus dem Rumpf wuchsen.

Erika hasste dieses Logo, genauso wie sie den verdammten Zug hasste, den sie alljährlich zum Todestag ihres Schwiegervaters besteigen musste - weil Madeleine, der alte Drachen, sich das so einbildete. Martins Mutter verabscheute sie von allen Menschen auf der Welt eindeutig am meisten.

Sie musterte ihren Gatten, der reglos an dem kleinen Schreibtisch ihres Abteils saß und die Schultern eingezogen hatte. Er starrte durch das riesige Panoramafenster auf die vorüberziehenden Lichter der Stadt. Der Okzident Express hatte sich vor wenigen Minuten in Bewegung gesetzt.

So reagierte Martin stets, wenn sie ihm Vorhaltungen machte. Er duckte sich und schwieg. Und was sie am meisten in Rage versetzte: Sie wusste, dass ihre Predigten völlig umsonst waren. Martin würde niemals seiner Mutter die Stirn bieten. Eher würde die Hölle zufrieren. Die alte Frau war zweimal so intelligent wie er und ließ sich von nichts und niemandem unterkriegen. Schon gar nicht von ihrem ältesten Sohn, in dem sie den größten Versager der Familie sah. Wobei ihr Erika leider zustimmen musste.

"Wie stellst du dir das denn vor, Liebling?", fragte Martin vorsichtig. "Soll ich einfach in ihr Büro marschieren und das Gehalt eines Abteilungsleiters verlangen? Das wäre doch nicht gerecht, den anderen Team-Managern gegenüber."

"Nicht gerecht ist, dass du als ihr Sohn so einen Mini-Job im Unternehmen hast. Du solltest im Vorstand sitzen, verdammt noch mal! Und entsprechend verdienen. Ich habe es satt, wie eine Bettlerin zu leben."

"Also hör mal. Wir wohnen auf einem der schönsten Anwesen in ganz Frankreich!", ereiferte sich Martin.

Nicht zu fassen, dass er Widerspruch wagte. Vielleicht bestand ja doch noch Hoffnung, dass er sich endlich ein bisschen etwas zutrauen würde. Vielleicht musste man ihn nur ausreichend provozieren? Nun, das konnte er haben. "Wir leben im Haus deiner Mutter", gab Erika zurück und setzte dabei einen besonders giftigen Blick auf. "Und sie speist uns mit einem Taschengeld ab, als wärst du ein zehnjähriger Junge!"

"In ein paar Jahren werde ich es schon zum Abteilungsleiter bringen", sagte Martin. "Du weißt, dass ich mich anstrenge. Aber du stellst dir das alles so einfach vor. Ich bin nicht so ein Genie wie Mutter. Für sie kann es gar nicht kompliziert genug sein. Während ich mit der Technik –"

"Ja, ja, schon gut", unterbrach ihn Erika. "Du stehst mit der Technik auf Kriegsfuß. Das hab ich schon hundert Mal gehört."

"Weil es wahr ist. Ich habe nie behauptet, ein Wunderkind

zu sein. Ich dachte du hättest mich geheiratet, weil –" Er verstummte und starrte wieder aus dem Fenster. Fast als könne er sich nicht mehr erinnern, was genau Erika einst in ihm gesehen hatte. Sie selbst hätte es beim besten Willen nicht mehr sagen können.

"Du musst dich einfach besser verkaufen, Martin", drängte sie ihn, jetzt um einen etwas versöhnlicheren Tonfall bemüht. "Sieh dir doch deine Brüder an. Zwei Taugenichtse, wie sie im Buche stehen. Du hast es immerhin zu einer Position im Unternehmen deiner Mutter gebracht. Du musst sie endlich dazu bringen, dass sie eine Nachfolgeregelung unterschreibt – zu deinen Gunsten."

"Ich werde mit ihr reden", versprach er, klang dabei aber so hoffnungslos, dass Erika entnervt aufstöhnte. Was für ein Verlierer! Es hatte keinen Sinn, auf ihn zu setzen. Es war höchste Zeit, die Angelegenheit in die eigenen Hände zu nehmen.

Jacques Salmann hatte es sich mit einer Tageszeitung auf dem Bett in seinem Abteil bequem gemacht, als die Tür aufging.

Louise, seine Verlobte, kam herein, lächelnd und gut gelaunt. Sie sah drein, als wären sie gerade im Begriff, die Reise ihres Lebens anzutreten. Aus irgendeinem unerfindlichen Grund schien sie Gefallen an diesem Spießerpalast auf Rädern zu finden. Und an seiner Mutter, die sie schon auf der Herfahrt umschwänzelt hatte, als wäre sie *deren* zukünftige Braut. Und nicht seine. Warum bloß war sie so freundlich zu der alten Hexe? Was führte sie im Schilde?

Louise riss ihn aus seinen Gedanken. Sie vollführte am Fußende des Bettes eine Pirouette und rief: "Ist es nicht herrlich, Cheri? Ich liebe diesen Zug! Wir sollten viel öfter damit fahren!"

"Bestimmt nicht", knurrte Jacques. Es reichte ihm schon, seiner Erzeugerin die paar Mal im Jahr zu begegnen, wenn Familienanlässe das unumgänglich machten. Gelegenheiten, die er dazu nutzte, neue Gelder für seine Reisen zu lukrieren. Wenigstens war sie nicht geizig, seine ansonsten so herzlose Maman. Wenn man wusste, wie man sie beschwatzen musste, so ließ sich schon genügend Geld aus ihr herauspressen.

Gut, es ging um Summen, die sie aus der Portokasse bezahlte, denn immerhin war sie eine der reichsten Frauen Frankreichs – aber Jacques brauchte eben nicht viel. Er liebte es einfach. Die Dekadenz, wie er sie in diesem Zug oder im Palast seiner Familie vorfand, widerte ihn an. Genauso abstoßend fand er, wie Martin, sein älterer Bruder und dessen ewig nörgelnde Frau sich bei seiner Mutter anbiederten, nur um ein Leben in Glanz und Bequemlichkeit führen zu können. Und um sich einzureden, dass sie zur High Society gehörten.

Er hatte eigentlich angenommen, dass Louise diese Dinge genauso sah wie er. Schließlich hatte sie ihm schon mehrfach bewiesen, dass ihr Herz ebenso sehr für Reisen und Abenteuer fern der Zivilisation schlug wie das seine. Warum zum Teufel schleimte sie sich jetzt also bei der alten Hexe ein? Was hatte sie vor?

Er hatte sie bereits auf der Herfahrt nach Wien darauf angesprochen, aber alles was er zu hören bekommen hatte, war, dass sie seine Mutter bewunderte. "Ich habe noch nie eine so intelligente Frau kennengelernt", hatte sie geschwärmt, "ich kann nicht glauben, was sie alles erreicht hat. All diese Züge, Flugzeuge, Maschinen und Roboter, die sie entwickelt hat –"

"Nicht zu vergessen die Panzer. Oder die Drohnen", war Jacques ihr ins Wort gefallen. Aber es hatte nichts genützt. Anscheinend hatte Louise, was Kriegsgerät anbelangte, keinerlei moralische Bedenken.

Heute schwänzelte sie schon wieder um die alte Hexe herum. Gerade eben am Bahnsteig hatte sie ihn stehen gelassen wie einen Fremden, und sich bei Madeleine eingehakt, als wäre sie deren beste Freundin.

Am Ende muss ich noch eifersüchtig auf meine eigene Mutter sein, sagte Jacques sich bitter. Aber so weit würde er es nicht kommen lassen.

Xavier Salmann, der jüngste der drei Brüder, stand auf dem Gang vor seinem Abteil und sah zur Tür mit der Nummer 6 hinüber.

Die Kleine, die eben da drinnen verschwunden war .... sie war genau sein Geschmack. Rothaarig und blasshäutig wie eine Elfe, dazu leuchtend blaue Augen, die so unschuldig in die Welt guckten. Er war sich allerdings sicher, dass diese Penny – ihren Namen hatte er vorhin auf dem Bahnsteig aufgeschnappt – alles andere als unschuldig war. Und wenn doch, so würde er ihr das heute Nacht schon austreiben, seiner schönen Nachbarin.

Anscheinend kannte sie seine Mutter, schien sie sogar zu

mögen, die verknöcherte Alte, die ungefähr so viel Charme besaß wie die Roboter, die in ihren Fabriken vom Fließband liefen. Zumindest hatte die überschwängliche Begrüßung, die Penny der alten Hexe eben am Bahnsteig hatte angedeihen lassen, diesen Eindruck auf ihn gemacht.

Aber das kümmerte Xavier nicht. Sollte sie ruhig mit Maman dinieren – spätestens zur Schlafenszeit würde sie in sein Abteil kommen, dafür würde er schon sorgen. Er war nicht nur weit attraktiver als seine älteren Brüder, er wusste auch, wie man Frauen behandeln musste. Wie man sich als Mann begehrenswert, nein, unwiderstehlich machte und alles von den Vertreterinnen des weiblichen Geschlechts bekam, was man nur wollte. Sex, Geld, gute Kontakte, was immer sie zu bieten hatten.

Xavier war nicht wählerisch und seine Ausbeute war reichlich genug, dass er es nicht nötig hatte, seine Mutter ständig um Geld zu beknien, wie Martin und Jacques das taten.

Wie er sie verachtete, diese beiden Schwächlinge. Keine Ahnung, nach wem sie gekommen waren – ihr Vater war kein solcher Waschlappen gewesen. Xavier hingegen war aus einem ganz anderen Holz geschnitzt. Er war clever wie seine Mutter, und er konnte ebenso rücksichtlos sein, wenn die Umstände es erforderten. Aber er verschwendete seine Gaben nicht auf eine Siebzig-Stunden-Woche in einem blöden Unternehmen. Er besaß Savoir-vivre, er verstand es, die schönen Seiten des Lebens zu genießen. Und das würde er sich von nichts und niemandem nehmen lassen!

Wenn diese Penny eine Bekannte seiner Mutter war und sich eine Fahrt im Okzident Express leisten konnte, so war sie bestimmt aus sehr vermögendem Hause. Ein Grund mehr, ihre Bekanntschaft zu machen. Guter Sex und ein prall gefülltes Bankkonto waren eine überaus erregende Mischung.

4.

Zwischen Wien und St. Pölten, 19.25 Uhr

Penny blickte aus dem Fenster ihres Abteils, konnte aber nichts erkennen außer den gemächlich vorbeiziehenden Wänden eines Tunnels. Obwohl die Betonverkleidung der engen Röhre den Schall zurückwarf und damit um ein Vielfaches verstärkte, waren kaum Fahrgeräusche des ultramodernen Zugs auszumachen. Der Okzident Express schien förmlich durch die Nacht zu schweben.

Das Innere von Pennys Abteil jedoch erinnerte eher an ein Luxushotel aus längst vergangenen Tagen als an einen hypermodernen Zug, und es war überaus geräumig. Nur drei Suiten waren in einem Waggon untergebracht, sodass man hier nicht, wie in anderen Zügen üblich, auf schmalen Betten schlief, die tagsüber zu Sitzbänken umfunktioniert wurden. Stattdessen gab es ein Queen Size Bett mit einer extra hohen Matratze, mit feinsten Daunendecken und einem Laken, das so glatt war, dass es sich wie Seide anfühlte.

Die andere Seite des Raums nahm ein bequemes Designer-Sofa für zwei Personen ein, und unter dem Panoramafenster stand ein schmaler Edelholz-Schreibtisch mit messingbeschlagenen Füßen. Darüber hinaus besaß die Suite ein eigenes, vollausgestattetes Badezimmer. Etwas Derartiges hatte Penny in einem Zug noch nie gesehen. Madeleine Salmann hatte mit ihrem Okzident Express wirklich einen Luxustraum auf Schienen wahr werden lassen.

An der Wand neben der Kabinentür war ein futuristisches

Control Panel angebracht, das Pennys Aufmerksamkeit auf sich zog. *Bordservice* lautete die Überschrift auf dem Touch Screen, darunter befanden sich Schaltflächen für verschiedene Dienstleistungen. *Getränke, Snacks, Housekeeping, Notruf* ...

Penny war eigentlich wunschlos glücklich in ihrem Abteil, wollte das Panel aber doch einmal ausprobieren. Also wählte sie *Housekeeping*, scrollte mit dem Finger durch verschiedene Möglichkeiten, wie man seinen Aufenthalt an Bord noch angenehmer gestalten konnte, und entschied sich schließlich für eine zusätzliche Nackenrolle. Darauf schlief es sich gut – und für extra Handtücher, Badeslipper oder eine zusätzliche Kaschmirdecke hatte sie wirklich keine Verwendung. Das Abteil war immerhin für zwei Personen ausgestattet und das überreichlich.

Sie tippte auf den Button für die Nackenrolle – und musste nicht lange darauf warten. Keine zwei Minuten nachdem sie ihre Bestellung aufgegeben hatte, ertönte ein gediegenes *Doooong* – was wohl die Türglocke darstellen sollte.

Penny öffnete und erwartete, einem Steward gegenüberzustehen, der ihr die Nackenrolle überreichen würde. Ihre Erwartung wurde jedoch enttäuscht, sie blickte in den menschenleeren, mit warmem gelben Licht erhellten Gang hinaus.

Dann jedoch piepte etwas, direkt vor ihren Füßen. Pennys Blick wanderte nach unten – und sie stieß einen überraschten Laut aus. In etwa auf Kniehöhe stand ihr ein Roboter gegenüber. Er war silbergrau, rundlich und nicht größer als ein Pudel. Dazu war er mit Rädern ausgestattet und besaß zwei Kameraaugen an der Vorderseite, was ihm ein entfernt menschenähnliches Aussehen verlieh. In seinen beiden Greifarmen war die Nackenrolle verstaut, die Penny bestellt hatte.

Der Roboter richtete seine Kameraaugen auf sie aus und meldete mit elektronischer Stimme: "Ihre Bestellung, Frau Küfer. Bitte sehr." Dann hob er seine Arme an und Penny nahm mit offenem Mund die Nackenrolle entgegen.

"Kann ich sonst noch etwas für sie tun, Frau Küfer?"

"Äh, nein ... danke schön."

"Dann wünsche ich Ihnen eine angenehme Reise."

Wow, dachte Penny.

Der elektronische Kammerdiener rollte bereits wieder den Gang entlang, da vernahm sie eine dunkle Frauenstimme hinter sich. "Gefällt er Ihnen?"

Sie drehte sich um und blickte in das amüsierte Gesicht von Madeleine Salmann. Der süße kleine Roboter, der so knuddelig wirkte wie ein Haustier, war bestimmt ein Produkt ihrer Firma. Vielleicht sogar eine ihrer eigenen Kreationen.

"Er ist toll", sagte Penny. "Am liebsten würde ich gleich das ganze Service-Menü rauf und runter bestellen, nur damit er noch mal kommt!"

Die alte Dame lächelte. "Tun Sie sich keinen Zwang an, Penelope. Dafür ist er ja da." Sie zwinkerte und ihre Lippen kräuselten sich.

Hinter Madame Salmann sah Penny wieder die Assistentin, Christiane Schneiders, die noch immer in ihr grau meliertes Business-Kostüm gekleidet war – während ihre Chefin nun ein bodenlanges, nachtblaues Seidenkleid trug. Fast als wäre sie zu einem Abend in der Oper verabredet.

In diesem Moment ging die Tür von Abteil Nummer 5 auf, das gleich neben dem von Penny lag. Heraus trat ein höllisch gut aussehender Mann, der ihr bereits vorhin, vor Abfahrt des Zuges, am Bahnsteig aufgefallen war. Er gehörte zu Madame Salmanns Familie, mutmaßte sie, auch wenn er sich abseits gehalten hatte. Zumindest war er gemeinsam mit der alten Dame und den anderen Mitgliedern ihrer kleinen Gruppe angekommen.

Madeleine warf ihm einen kurzen Blick zu, den man nur als eisig beschreiben konnte, dann wandte sie sich wieder Penny zu. "Kommen Sie, meine Liebe, begleiten Sie mich ins Restaurant. Nicht, dass ich am Ende noch den Abend mit einem meiner missratenen Söhne verbringen muss."

Der Mann, der gute ein Meter Neunzig groß war und vielleicht Anfang Vierzig sein mochte, ignorierte die Gehässigkeit seiner Mutter, kam die paar Schritte den Gang entlang und begrüßte Penny wie eine lang verlorene Freundin. "Wie schön, in diesem Polar-Express auf ein freundliches Gesicht zu treffen", sagte er mit angenehm warmer Stimme und ergriff zugleich Pennys Hand. "Ich bin Xavier Salmann – höchst erfreut, Ihre Bekanntschaft zu machen, Mademoiselle."

Er deutete spielerisch eine Verbeugung an. Sein Deutsch war nahezu akzentfrei. "Vielleicht können wir uns später näher kennenlernen", fuhr er fort, "wenn meine liebe Maman mit Ihnen fertig ist. Sie werden dann bestimmt den Wunsch nach *menschlicher* Gesellschaft verspüren."

Er schenkte Penny ein strahlendes Lächeln, dann zwängte er sich behände zwischen den Frauen hindurch und ging wiegenden Schrittes den Gang entlang – in Richtung des

Salonwagens, der zwischen den vorderen Passagierwaggons und dem Restaurant lag. So viel hatte Penny schon beim Einsteigen gesehen, beziehungsweise vor der Reise auf der Website der Zuggesellschaft recherchiert.

Die alte Dame verzog das Gesicht, dann drehte sie sich zu ihrer Assistentin um. "Schneiders, gehen Sie voraus und sehen Sie zu, dass wir einen Tisch für uns allein haben. Möglichst weit weg von meiner Brut", fügte sie hinzu.

Die Assistentin tat, wie ihr geheißen und eilte Xavier Salmann hinterher, während Madeleine sich bei Penny unterhakte. Der Gang war kaum breit genug, dass die beiden Frauen nebeneinander gehen konnten, aber schlank wie sie beide waren, gelang es am Ende doch. Wie eine Königin schritt Madeleine durch ihren Zug, und Penny fragte sich, in was für ein Familiendrama sie da hineingeraten war. Warum gingen Menschen, die sich untereinander so zu hassen schienen wie die Salmanns, bloß gemeinsam auf Reisen?

5.

Kurz nach St. Pölten, 19.45 Uhr

"Ganz einfach, meine Liebe", gab ihr Madeleine zur Antwort, nachdem sie sich an einem Tisch am vorderen Ende des Restaurantwagens niedergelassen hatten. Natürlich hatte Penny die Frage, die sie der alten Dame schließlich stellte, diplomatischer formuliert als zuvor in ihrem eigenen Kopf: "Was hat Sie und Ihre Familie denn nach Wien geführt, Frau Salmann? Wo sie einander doch, ähm, nicht so besonders nahe stehen?"

"Der zweiundzwanzigste Todestag meines Mannes", gab Madeleine wehmütig zur Antwort. "Er hat darauf bestanden, in Wien beigesetzt zu werden. In seiner Heimatstadt. Diesem Wunsch bin ich natürlich nachgekommen, und seither besuchen wir jedes Jahr sein Grab. Meine Söhne und ich. Sie liebten ihren Vater mehr als mich, müssen Sie wissen. Das ist kein Geheimnis, aber es kümmert mich nicht. Sie sind Taugenichtse allesamt, und sie kommen ansonsten nur zu mir, wenn sie Geld brauchen. Also abgesehen von Martin, der in meiner Firma arbeitet. Den habe ich permanent am Hals, aber wenigstens konnte ich ihn auf einem Posten unterbringen, wo er keinen Schaden anrichten kann. Nicht wahr, Schneiders?" Sie blickte die Sekretärin an, die zu ihrer Linken saß.

Diese nickte wortlos, während ihr Blick auf dem Smartphone ruhte, das neben ihr auf dem Tisch lag. Es vibrierte sanft. "Verzeihen Sie", sagte Schneiders, stand auf und entfernte sich vom Tisch. Weit kam sie nicht, denn nur eineinhalb Meter weiter endete bereits der Waggon.

Schneiders drängte sich so gut es ging in die Ecke, wandte sich ab und sprach mit gedämpfter Stimme ins Telefon. Soweit Penny verstehen konnte, was gesprochen wurde, ging es um eine Produktionsverzögerung in einer der Salmann´schen Fabriken.

Madeleine starrte auf den Rücken ihrer Assistentin. "Eine treue Seele, die gute Schneiders", kommentierte sie. "Sie hält mir schon seit vielen Jahren den Kleinkram vom Hals, ist recht tüchtig und scheut keine ungewöhnlichen Arbeitszeiten. Eine begnadete Autodidaktin, was mein Arbeitsgebiet anbelangt. Sie hat noch nicht einmal ein Studium abgeschlossen, aber immerhin etwas im Kopf. Auch wenn ich sie gelegentlich daran erinnern muss, wo ihr Platz ist."

Ungewöhnliche Arbeitszeiten?, dachte Penny im Stillen. Das hieß anscheinend: rund um die Uhr. Wie es aussah, begleitete die Assistentin ihre anspruchsvolle Chefin sogar auf Reisen und hatte sich noch mit Telefonaten herumzuschlagen, während Madeleine sich bereits dem Dinner widmete.

"Wo war ich stehen geblieben?", sagte die alte Dame. "Ach ja, meine lieben Söhne." Sie zuckte mit den Schultern, wobei ihre Abendrobe raschelte. "Sie sind nun mal mein Fleisch und Blut. Alles, was mir von meinem Mann geblieben ist."

"Seine Familie kann man sich nicht aussuchen", gab Penny mit mehr Bitterkeit zurück, als sie beabsichtigt hatte – und ehe sie es sich versah, schüttete sie Madame Salmann bereits ihr Herz über ihre eigene Familienkrise aus.

Noch bevor die Hauptspeise serviert wurde, hatte sie Madeleine alles gebeichtet. Dass ihre Mutter sie enterbt hatte, ihr Verlobter sie sitzengelassen – aber dass sie trotz allem fest entschlossen war, die Detektivlaufbahn einzuschlagen. Es tat gut, sich die Dinge von der Seele zu reden, und die alte Dame entpuppte sich als erstaunlich geduldige Zuhörerin.

Christiane Schneiders verbrachte stets nur ein paar Minuten bei Tisch, dann vibrierte ihr Smartphone erneut und sie zog sich wieder in ihre Ecke zurück. Die Kompetenz, die sie ausstrahlte, beeindruckte Penny. Nach einer halben Stunde fiel es ihr nicht einmal mehr auf, ob die Assistentin gerade bei Tisch saß oder leise flüsternd abseits stand. Penny redete und aß und trank köstlichen Wein, und je weiter der Abend voranschritt, desto mehr entspannte sie sich.

Es war eine gute Idee gewesen, diese Zugfahrt allein anzutreten, sagte sie sich. Sie brauchte keinen Mann, schon gar nicht einen, der sie so schmählich im Stich ließ, nur weil sie einen ungewöhnlichen Karriereweg einschlug. Oder weil sie von ihrer Mutter enterbt worden war. Warum genau ihr Verlobter sie plötzlich nicht mehr wollte, hatte er ihr nicht mitgeteilt. Und sie würde ihn verdammt noch mal bestimmt nicht danach fragen! Sie würde überhaupt nie wieder ein Wort mit diesem Schnösel wechseln. Sollte er sich doch irgendeine aufgetakelte Society-Schnepfe angeln und sich mit ihr zu Tode langweilen bis ans Ende seiner Tage!

Alle Tische im Speisesaal waren besetzt. Der Zug schien voll gebucht zu sein, was Penny nicht weiter verwunderte. Der Fahrpreis war zwar geradezu astronomisch, aber an Leuten, die nicht wussten, wie sie all ihr Geld ausgeben sollten, herrschte kein Mangel in dieser Welt. Madame Salmanns Familienangehörige saßen über den Raum verteilt, zwischen den Passagieren aus den beiden hinteren

Reisewagen. Auch beim Dinner schienen sie darauf bedacht zu sein, den maximal möglichen Abstand zueinander – und zu ihrer Mutter – einzuhalten.

Madeleine wandte sich ihrer Assistentin zu, die eben wieder von einem Telefonat an den Tisch zurückkehrte. Soweit Penny mitbekommen hatte, war der armen Frau noch keine Gelegenheit vergönnt gewesen, etwas zu essen – während ihre Arbeitgeberin sich bereits die zweite Hauptspeise schmecken ließ.

"Schneiders, prüfen Sie doch einmal, ob wir nicht Stellen in unserem Sicherheitsteam zu besetzen haben", sagte Madeleine. "Meine junge Freundin hier ist eine angehende Detektivin und scheint mir äußerst engagiert zu sein. Genau die Art von Mitarbeiterin, die wir immer gerne aufnehmen, nicht wahr?"

Die Assistentin sah Penny beeindruckt an. "Eine Detektivin?", wiederholte sie.

Penny nickte. Sie hatte nicht vor, Angestellte in irgendeinem Betrieb zu werden, auch wenn die Unternehmensgruppe von Madame Salmann bestimmt in spannenden Tätigkeitsfeldern angesiedelt war – aber sie wollte auch nicht unhöflich sein und das freundliche Angebot der alten Dame gleich rundweg ausschlagen.

Schneiders tippte etwas in ihr Handy – vermutlich legte sie eine Notiz wegen der Stelle für Penny an, dann schaffte sie es endlich, die Vorspeise zu sich zu nehmen und sich ein wenig an der Konversation bei Tisch zu beteiligen. Auch sie war eine gute Zuhörerin und hinter ihrem strengen Äußeren eigentlich sehr freundlich und liebenswürdig. Und ziemlich hübsch, befand Penny auf den zweiten Blick. Vermutlich die Art von Karrierefrau, die vor lauter Arbeitseifer keine Gedanken an Make-up, Schmuck oder andere weibliche Accessoires verschwendete.

Plötzlich jedoch zog Schneiders beide Augenbrauen hoch und starrte über Pennys Schulter. Ihr Blick wirkte so erstaunt, dass Penny sich unweigerlich umdrehte.

An dem Tisch, der im Blickfeld der Assistentin lag, saßen Martin Salmann und dessen Ehefrau, deren Vornamen Penny noch nicht aufgeschnappt hatte. Die etwas gedrungen wirkende Frau, die eine mehrreihige Perlenkette angelegt hatte, mochte gleich alt wie ihr Mann sein, Anfang fünfzig vielleicht. Sie schien gerade etwas in ihre Handtasche gesteckt zu haben, die sie jetzt auf die Sessellehne hinter sich zurückhängte. Dann widmete sie sich wieder ihrem Essen.

War sie es gewesen, die den Argwohn von Christiane Schneiders geweckt hatte? Penny wandte sich erneut der Assistentin zu, doch die hatte sich bereits wieder vom Tisch erhoben. Ein weiterer Anruf auf ihrem Diensttelefon, den sie ohne zu zögern entgegennahm.

Vielleicht habe ich mir nur etwas eingebildet, sagte sich Penny. Da war doch nichts Ungewöhnliches gewesen. Eine Frau, die nach der eigenen Handtasche gegriffen hatte – was gab es Alltäglicheres? Aber dennoch hatte die Sekretärin geradezu verstört dreingeblickt. Hatte Schneiders nicht Martin Salmann und dessen Gattin beobachtet, sondern jemand anderen, weiter hinten im Raum? Dort saßen Passagiere aus den hinteren Waggons, zahlende Gäste, die nicht zur Familie von Madame Salmann gehörten. Was konnte die Assistentin bloß gesehen haben, das sie so erstaunt hatte?

Du übertreibst es ein wenig mit der Observation, ermahnte sich Penny. *Lass es mal gut sein. Nicht überall lauern Geheimnisse oder gar Verbrechen, nur weil du jetzt eine Detektivin bist.*

Okay, sie war bloß eine angehende Detektivin, die noch ganz am Beginn ihrer Ausbildung stand. Aber trotzdem beschloss sie, sich nun ganz der Entspannung hinzugeben und den Abend zu genießen. Sie griff nach ihrem Weinglas, lächelte Madame Salmann zu und nahm einen großen Schluck.

6.

Zwischen Linz und Salzburg, 21.20 Uhr

Kaum eine Viertelstunde, nachdem das Dessert serviert worden war, kündigte Madeleine Salmann an, dass sie sehr müde sei und sich zurückziehen wolle. "Aber bitte, meine Liebe, machen Sie sich noch einen schönen Abend", sagte sie zu Penny. "Probieren Sie ein paar unserer Cocktails, hier im Restaurant oder nebenan im Salonwagen. Sie werden begeistert sein. Und Sie sind heute Abend selbstverständlich mein Gast!"

Penny wollte protestierten, aber die alte Dame winkte ab und war im nächsten Moment auch schon auf den Beinen. Schneiders sprang ebenfalls auf und verließ gemeinsam mit ihrer Chefin das Restaurant.

Penny blieb allein zurück. *Dann eben einen Cocktail*, sagte sie sich. Sie blickte sich im Restaurant um. An den runden Tischen saßen fast nur Paare. Die meisten hatten das Dinner bereits beendet und steckten nun über einer Tasse Kaffee oder bei einem Glas Dessertwein die Köpfe zusammen. Das Gemurmel ihrer Gespräche hüllte Penny ein, ihr Lachen drang an ihr Ohr, und dazu lag der Duft von Süßspeisen in der Luft, die in ihrer unmittelbaren Nachbarschaft serviert wurden. Warme Schokoladentorte, Tiramisu, Apfelstrudel mit Vanillesoße – am liebsten hätte Penny gleich noch eine der süßen Köstlichkeiten bestellt, auch wenn sie bereits ein großes Stück Nusstorte verdrückt hatte.

Sie schaffte es, der Versuchung zu widerstehen und

beschloss, nach nebenan zu gehen, in den Salonwagen, den sie bereits auf dem Weg hierher ins Restaurant durchquert hatte. Der Anblick all dieser Paare setzte ihr zu, das war eindeutig zu viel Romantik und Harmonie für heute Abend.

Sie stand auf, durchquerte die Schleuse zwischen den beiden Waggons, die wie alle Durchgänge im Zug permanent offen stand und mit irgendeinem metallisch glänzendem Hightech-Material ausgekleidet war. Man hatte fast das Gefühl, sich in einem Raumschiff zu befinden.

Der Salon jedoch, den sie dann betrat, versprühte den gleichen altmodischen Charme wie der Restaurantwagen und die Passagiersuiten. Er war mit einem dezent gemusterten Teppichboden ausgelegt, mit einladenden Lederfauteuils und eleganten kleinen Holztischen möbliert und so kunstvoll ausgeleuchtet, dass man sich wie im Palast eines Fürsten fühlte.

An den Wänden zwischen den riesigen Panoramascheiben hingen Ölgemälde, die alle das gleiche Motiv zeigten – wenn auch aus ganz unterschiedlichen geschichtlichen Epochen. Es waren Bilder von Lokomotiven oder ganzen Zügen, die sich über kühne Brücken schlängelten, unter großen Dampfwolken über steile Bergpässe schnauften oder dunkle, scheinbar endlose Wälder durchquerten. Eine Hymne auf das Reisen mit der Bahn.

Penny war der einzige Gast im Salon, aber das würde sich im Verlauf des Abends bestimmt noch ändern. Ein Kellner in perfekt sitzender schwarzer Livree eilte herbei, gefolgt von einem der niedlichen Roboter, wie sie auch in den Passagier-Abteilen ihren Dienst versahen.

"Das ist Fred, Ihr persönlicher Butler", stellte der Kellner aus Fleisch und Blut seinen elektronischen Kollegen vor. Wenn Sie Nüsse wünschen, Pralinen, eine Zeitung ... rufen Sie ihn einfach beim Namen, er ist dann sofort bei Ihnen. Ihre Bestellung können Sie ihm ebenso per Spracheingabe mitteilen. Ich hingegen kümmere mich um Ihre Getränkewünsche. Wissen Sie schon, was Sie möchten, oder darf ich Ihnen die Bar-Karte bringen?"

Penny bestaunte Fred, der sie aus seinen Kameraaugen zu beobachten schien, dann bestellte sie einen Cappuccino beim Kellner.

Der Mann eilte davon, der Roboter zog sich diskret an die Wand unter einem der Gemälde zurück. Penny zählte noch zwei weitere der kleinen Maschinen, die weiter hinten im Salonwagen auf Gäste warteten. Es war faszinierend und gleichzeitig ein wenig gruselig, von diesen künstlichen Intelligenzen bedient zu werden.

Als Penny den Blick hob und durch das gläserne Zugdach in den Nachthimmel schaute, stellte sie fest, dass es zu schneien begonnen hatte. Dicke Flocken fielen vom Himmel und tanzten in wildem Rhythmus um den Zug. Penny fühlte sich herrlich warm und geborgen in dem eleganten Salonwagen und ließ sich tiefer in die bequeme Polsterung ihres Fauteuils sinken.

Der Kellner servierte ihren Kaffee, sie fügte zwei Süßstofftabletten hinzu, dann schloss sie die Augen und lauschte auf das kaum wahrnehmbare Fahrgeräusch des Zuges. Der Okzident Express glitt in gemütlichem Tempo dahin, bestenfalls mit der halben Geschwindigkeit, zu der er technisch in der Lage war, schätzte Penny. Sie genoss diese fast schon nostalgische Form des Reisens, bei der es nicht um das sonst so wichtige *schneller, weiter, höher* der modernen Zeit ging.

"Darf ich Ihnen Gesellschaft leisten?", fuhr eine Männerstimme mitten hinein in ihre verträumten Betrachtungen. Penny zuckte zusammen und riss die Augen auf.

"Oh, Verzeihung", sagte der Mann, nahm aber gleichzeitig unaufgefordert in dem Fauteuil links von Penny Platz und heftete seine warmen braunen Augen auf sie. Er sah sie auf die gleiche Art an, wie man im allgemeinen ein besonders interessantes Kunstwerk betrachtete. Konzentriert und mit sichtlichem Vergnügen.

Es war Xavier Salmann, Madeleines jüngster Sohn, der mit seinem guten Aussehen locker als Filmstar durchgegangen wäre. Sein dunkles Haar war an den Schläfen graumeliert, sein Kinn kantig und männlich, seine Hände kräftig, aber gepflegt.

Penny spürte, wie ihr Puls sich beschleunigte. Reflexartig wollte sie ihn abwimmeln, doch dann erinnerte sie sich daran, dass sie jetzt eine Single-Frau war. Ungebunden, frei, niemandem auf der ganzen Welt verpflichtet. Da konnte ein wenig attraktive Gesellschaft beim Kaffee doch wirklich nicht schaden!

Sie erlaubte sich also, Xaviers Lächeln zu erwidern. Er machte es sich in seinem Fauteuil gemütlich, schlug seine endlos langen Beine übereinander und rief dann plötzlich nach Fred.

Penny brauchte einen Moment, um sich zu erinnern, wer das war: der knuddelige kleine Service-Roboter. Innerhalb von wenigen Sekunden kam er herangeschnurrt, und Xavier orderte gebrannte Mandeln bei ihm, als wäre das die selbstverständlichste Sache der Welt. Vom Kellner, der kurz nach Fred an den Tisch kam, ließ er sich einen doppelten Whiskey bringen und wandte sich im Anschluss daran ganz Penny zu.

Sie ließ sich von ihm, ohne Widerstand zu leisten, in eine Mischung aus Small Talk und bald schon ziemlich anzüglichem Geplänkel verwickeln. Im Anschluss an ihren Kaffee bestellte sie einen Cocktail, blickte in die atemberaubenden Augen ihres Gegenübers, lauschte seinen Schmeicheleien, die erstaunlich kreativ waren, und sah den Schneeflocken draußen vor den Scheiben beim Tanzen zu.

Gerade als der Zug unter dem gläsernen Kuppeldach des Hauptbahnhofs von Salzburg einen kurzen Stop einlegte, betrat die attraktive Schwarzhaarige den Salonwagen, die Penny schon vor der Abfahrt des Zuges in Wien aufgefallen war. Jene junge Frau, die sich bei Madeleine Salmann untergehakt und so bemüht gute Laune versprüht hatte. Jetzt hielt sie die Hand eines Mannes, der Xavier entfernt ähnlich sah, auch wenn er weit weniger attraktiv war. Auch ihn hatte Penny bereits am Bahnhof in Wien gesehen. Jetzt war ihr klar, dass es sich bei diesem Mann um einen von Xaviers älteren Brüdern handeln musste.

"Bruderherz", rief Xavier, wie um ihre Erkenntnis zu bestätigen, und winkte die beiden Neuankömmlinge heran. Der Enthusiasmus, der in seiner Stimme lag, war so eindeutig gespielt, dass es fast grotesk wirkte. "Schon genug vom Dinieren, ihr zwei? Man zieht sich zwecks Sex mit der Verlobten auf sein Abteil zurück? Eine hervorragende Idee."

An Penny gewandt fügte er hinzu: "Darf ich vorstellen: Jacques, mein geliebter Bruder – er ist der Mittlere von uns dreien – und Louise, seine bezaubernde Verlobte. Ich kann Ihnen bei Gott nicht erklären, was sie in ihm sieht, aber sie ist fest entschlossen, ihn zu heiraten. Oder bist du inzwischen zur Besinnung gekommen, schönes Mädchen?"

Er schaute Louise prüfend an, als könne er beim besten Willen nicht glauben, dass sie Jacques tatsächlich ehelichen wollte. Sie jedoch wandte abrupt den Kopf ab und blickte zu Boden.

Eine seltsame Reaktion, fand Penny. Natürlich konnte man es Louise nicht verübeln, dass sie Xaviers Sprüche eher peinlich als komisch fand, aber hinter diesem betretenen Wegsehen schien doch mehr zu stecken.

Siehst du schon wieder Verbindungen, wo keine existieren?, ermahnte Penny sich selbst. Sie war sich nicht sicher, doch bevor sie Louises Gesichtsausdruck eingehender studieren konnte, zog Jacques sie bereits mit sich fort. Ohne Xavier auch nur eines Kommentars zu würdigen, schritt er davon und steuerte seine Verlobte zwischen den mittlerweile gut besetzten Tischen des Salonwaggons hindurch. Sie verschwanden am anderen Ende in der Schleuse zu den vorderen Schlafwägen.

"Jacques hat Null Sinn für Humor", kommentierte Xavier, der seinem Bruder hinterherblickte. "Oder für die schönen Dinge des Lebens. Am glücklichsten ist er, wenn er sich durch irgendwelche Schlangennester am Ende der Welt kämpfen kann oder beim neuesten Trendsport Kopf und Kragen riskiert."

Er schüttelte missbilligend den Kopf, dann jedoch huschte etwas Sanftes, fast Wehmütiges über seine schönen Züge. "Er ist der einzige von uns dreien, der meinem Vater ähnlich sieht", sagte er zu Penny, die ihn aufmerksam musterte. "Er ist unserem alten Herrn wie aus dem Gesicht geschnitten." Xavier seufzte. "Ich vermisse ihn manchmal, weißt du. Er war der beste Vater, den du dir nur wünschen kannst. Leider haben wir ihn viel zu früh verloren."

"War er denn krank?", fragte Penny behutsam. Es überraschte sie, welch einfühlsame Seite Xavier plötzlich an den Tag legte. Schon nach wenigen Minuten ihrer Bekanntschaft war ihr klar geworden, dass Madeleines jüngster Sprössling ein rücksichtsloser Schwerenöter und Schürzenjäger war.

Nicht, dass sie das besonders störte. Für einen unbeschwerten Abend war so ein Mann genau der Richtige. Er verstand es, eine Frau zu umschwärmen, und es bestand keinerlei Gefahr, sich in so einen Typen zu verlieben. Von der Liebe hatte Penny erst einmal genug. *Für lange Zeit*, sagte sie sich im Stillen.

Xavier schüttelte den Kopf und sah sie mit einem gequälten Ausdruck in seinen schönen Augen an. "Er wurde niedergeschossen. Auf offener Straße, nur ein paar hundert Meter von unserem Haus entfernt."

Penny setzte erstaunt das Cocktail-Glas ab, an dem sie gerade genippt hatte. "Ein Mord? Das ist ja furchtbar. Hat man den Täter gefasst?"

"Nein", erwiderte Xavier. "Man ging von einem Raubüberfall aus. Papas Uhr und sein Portemonnaie fehlten, als man ihn fand. Der Täter konnte allerdings nie ausgeforscht werden. Aber verzeih mir, meine Schöne, das ist wirklich kein Gesprächsthema für so einen wunderbaren Abend."

Er griff nach seinem Glas, schwenkte es hin und her, dass die Eiswürfel darin klirrten – und setzte wieder die Prince

Charming Maske auf, die Penny an diesem Abend bereits gut kennengelernt hatte. "Was meinst du", fragte er, "wollen wir es uns nicht irgendwo gemütlich machen, wo wir unter uns sind?"

7.

Kurz vor Innsbruck, 23.40 Uhr

Xavier entkorkte mit geübten Handgriffen die Champagner-Flasche, die einer der drolligen Service-Roboter soeben in Pennys Abteil geliefert hatte. Er interessierte sich im Allgemeinen nicht für die Arbeit seiner Mutter, konnte wenig anfangen mit ihren verrückten Erfindungen, all dem technischen Kram – aber diese kleinen Kerlchen waren ihr ausnahmsweise einmal wirklich gelungen. Mit einem Eiskübel samt Champagnerflasche in seiner linken Stahlklaue und zwei schlanken Glaskelchen in der rechten war der kleine Maschinenmensch angerückt – und erwartete sich noch nicht einmal ein Trinkgeld.

Xavier füllte die beiden Gläser randvoll mit Champagner, dann wandte er sich seiner Eroberung zu, die es sich bereits auf dem Bett gemütlich gemacht hatte. Er betrachtete sie eingehend, während er sich ihr fast in Zeitlupe näherte. Und war sehr zufrieden mit dem Anblick, der sich ihm bot.

Diese Penelope Küfer war ein ganz schön heißes Kätzchen. Quirlig, temperamentvoll, mit einer weiblichen, aber nicht zu üppigen Figur. Genau wie er es mochte. Gut, sie redete ein bisschen viel, und das noch dazu mit der Geschwindigkeit eines Maschinengewehrs, aber das gehörte eben dazu. Frauen liebten gute Zuhörer, also ließ er es über sich ergehen, dass sie ihn vollquatschten.

Geduldig hatte er sich die halbe Lebensgeschichte seiner neuen Eroberung angehört, vorhin im Salon. So hatte er erfahren, dass Penny davon träumte, eine ganz große Detektivin zu werden – was ziemlich naiv war für seinen Geschmack. Außerdem hatte sie ihm anvertraut, dass ihr Verlobter sie sitzengelassen hatte, nur weil er diese Art von Beruf nicht standesgemäß für seine zukünftige Braut fand. Was für ein Schnösel! Aber Xavier sprang nur zu gerne als Seelentröster ein. Und schließlich hatte Penny sich noch beklagt, dass ihre Mutter – eine Multimillionärin – sie enterbt hatte. Was ein Jammer war, schloss es doch eine längere Bekanntschaft mit der heißen kleinen Rothaarigen aus.

Xavier verschwendete sich nicht an mittelose Eroberungen. Nur Frauen, die ihn zu stilvollen Reisen einladen konnten, ihn in den besten Restaurants verwöhnten und ihm teure Uhren zum Geschenk machten, kamen für längere Zeit in den Genuss seiner Bekanntschaft. Schließlich ging es ihm nicht ausschließlich ums Vergnügen, er musste auch seinen Lebensunterhalt bestreiten.

Penny kam also lediglich als Betthäschen für die heutige Nacht in Frage, aber in dieser Rolle würde sie sich ausgesprochen gut machen. Daran hegte Xavier keinerlei Zweifel. Auch wenn sie noch voll bekleidet war – aber das würde er schon bald ändern.

Es war ihr Abteil, indem sie sich aufhielten. Er hatte aus taktischen Gründen vorgeschlagen, sie hierher zu begleiten, denn so konnte er sich zurückziehen, wenn er genug von ihr hatte. Was durchaus ein paar Stunden dauern konnte.

Er wollte Penny gerade einen der Champagnerkelche reichen und sich dann zu ihr aufs Bett gesellen – da geschah es. Etwas kitzelte ihn an der Achillessehne, als krabble dort eine Ameise, und im nächsten Augenblick durchfuhr ein brennender Schmerz seinen Fuß.

Fast wären die Champagnergläser seiner Hand entglitten, so scheußlich war diese Empfindung. Er strauchelte. Was zum Teufel ...?

"Xavier?", rief Penny. Sie sprang behände vom Bett und fasste ihn unterm Arm. "Was ist denn los?"

"Keine Ahnung, irgendetwas hat mich gebissen. Oder gestochen? Es tut jedenfalls höllisch weh. Gibt es Wanzen in Mamans Luxuszug, oder was?," fluchte er, dann drückte er Penny beide Gläser in die Hände und bückte sich.

Er krempelte das rechte Hosenbein hoch, rollte den Socken so weit wie möglich hinunter und versuchte auszumachen, was ihn da erwischt hatte. Der Schmerz in seinem Fuß breitete sich aus wie flüssiges Feuer. Unbarmherzig und rasend schnell.

Penny ging ihrerseits in die Knie und starrte auf die entblößte Stelle. "Da sind zwei winzige Löcher", sagte sie und deutete mit ihrem Zeigefinger auf seine brennende Wunde. In ihrem Gesicht spiegelte sich eine Mischung aus Verwunderung und Fürsorge.

Fast rührte ihn das ein bisschen. Er war es gewohnt, Leidenschaft und Begierde in den Gesichtern seiner Frauen zu lesen – aber nicht das. Nicht diesen Ausdruck echten Mitgefühls.

Werd jetzt nicht sentimental, Alter, ermahnte er sich. Aber verflucht nochmal, was um alles in der Welt konnte so einen fiesen Schmerz verursachen? Er biss die Zähne zusammen und blickte sich auf dem Boden des Abteils um, ob sich da irgendwo ein widerliches Insekt fand. Im sanft gedämpften Schein der Nachttischlampen war jedoch nichts zu erkennen.

Er richtete sich wieder auf, hüpfte aufs Bett zu, indem er nur sein unversehrtes Bein belastete, und ließ sich fallen. Seine gesamte Wade pochte jetzt, nicht mehr nur der Fuß, und die Wunde brannte, als gieße jemand flüssiges Öl hinein.

"Was kann ich tun?", fragte Penny ihn. Ihre Stimme klang gefasst, aber besorgt. "Guck nur, wie das anschwillt! Ich werde den Steward rufen, bestimmt gibt es ein Erste Hilfe Kit oder etwas Ähnliches an Bord. Eine Salbe vielleicht?"

Sie lief die paar Schritte zum Service Panel hinüber und tippte auf den Touchscreen, der sich im Ruhemodus befand. Der Bildschirm erwachte sanft leuchtend zum Leben. Xavier konnte erkennen, dass sie mit der Fingerkuppe auf eine Schaltfläche klickte, auf der ein stilisierter Mensch mit einem Tablett abgebildet war.

"Persönlicher Service", erklärte sie ihm. Ich glaube nicht, dass uns in diesem Fall einer der Roboter helfen kann.

Pennys Umrisse verschwammen ihm vor den Augen. Tränen quollen unter seinen Lidern hervor und strömten über seine Wangen, ohne dass er etwas dagegen tun konnte.

Grundgütiger! Er heulte doch jetzt hoffentlich nicht wie ein Weichei, nur weil ihn irgendein gottverdammtes Ungeziefer gebissen hatte?

Sein Fuß schwoll weiter an, fühlte sich aber zunehmend taub an. Der Schmerz fraß sich sein Bein hinauf.

Er lockerte seinen Hemdkragen. *Verdammt heiß hier drinnen.* Das Atmen fiel plötzlich so schwer, als habe er gerade im Laufschritt einen Berggipfel erklommen. Verdammt noch mal, was war mit ihm los?

"Oh Gott, Xavier!", hörte er Penny rufen. Mit angstgeweiteten Augen starrte sie ihn an, dann drehte sich plötzlich das Zimmer um ihn und er verlor sie aus seinem Blickfeld.

Übelkeit stieg in ihm hoch, er vernahm ein röchelndes Geräusch, dass er erst ein paar Sekunden später als seinen eigenen Atem identifizierte. Es hörte sich an wie ein altersschwacher Heizkessel, der kurz vor der Explosion stand.

"Wir müssen den Sex wohl vertagen", scherzte er noch – das heißt, er wollte es. Seine Kiefermuskeln gehorchten ihm nicht mehr, seine Mundhöhle war plötzlich voller Speichel, er rang nach Luft.

Dann wurde es ihm schwarz vor Augen.

8.

Kurz nach Innsbruck, 0.20 Uhr

Penny stürmte aus ihrer Kabine, auf den Gang hinaus und schrie so laut sie konnte um Hilfe. Es blieb keine Zeit, um auf irgendeinen Steward zu warten, der vielleicht ein Erste Hilfe Kit zur Verfügung hatte. Xavier war auf dem Bett umgekippt, und hatte sich – wie von heftiger Übelkeit gepackt – zusammengekrümmt. Sein Atem war zu einem Röcheln verkommen, und dann war alles aus gewesen. Stille. Kein Atem mehr, kein Puls, den Penny finden konnte, so sehr sie auch Xaviers Handgelenke und schließlich seinen Hals betastet hatte.

Aus dem Salonwagen kam ein Kellner herbeigeeilt und gleichzeitig wurde die Abteiltür im vorderen Teil des Waggons aufgestoßen. Jacques Salmann tauchte im Türrahmen auf, starrte sie fragend an, dann kam er in großen Schritten auf sie zu gelaufen.

Der Kellner erreichte sie fast zeitgleich. Nur ein paar Sekunden nach ihm traf bereits der Steward ein, der wohl auf Pennys elektronischen Aufruf hin gekommen war. *Verdammt flottes Service,* schoss es ihr in den Kopf, und im nächsten Augenblick hätte sie angesichts dieses geradezu lächerlich unangemessenen Gedankens beinahe hysterisch aufgelacht.

"Ich glaube, er ist tot", war alles, was sie herausbrachte. Die eigene Stimme klang ihr seltsam fremd in den Ohren. Auf wackligen Knien folgte sie den drei Männern zurück in ihr Abteil.

Jacques beugte sich über seinen Bruder, der reglos, in Embryonalstellung zusammengekrümmt, auf dem Bett lag. Der Kellner und der Zugbegleiter standen wie vom Blitz getroffen daneben und starrten sich die Augen aus dem Kopf. Auf dem Gang näherten sich weitere Schritte.

Louise tauchte in der Tür auf, Jacques Salmanns schöne Verlobte. Sie trat ins Abteil, und dicht hinter ihr drängte Martin Salmann herein, gefolgt von Schneiders, der pflichtbewussten Assistentin seiner Mutter. Dreißig Sekunden danach tauchte auch noch Martins Ehefrau auf und stellte sich auf die Zehenspitzen, um einen Blick auf das Bett zu erhaschen.

Ich habe den halben Zug zusammengeschrien, ging es Penny durch den Kopf. Aber das war gut so. Sie hatte sich nicht mehr zu helfen gewusst, ganz allein mit Xavier in ihrem Abteil, der sich so plötzlich vom potenziellen Sexpartner in eine schrecklich entstellte Leiche verwandelt hatte.

Jacques Salmann fand als erster seine Sprache wieder. "Was ist hier geschehen?", fragte er und wandte sich dabei mit anklagender Miene Penny zu. Er blickte sich im Abteil um, starrte zuerst auf den Eiskübel mit der Champagnerflasche darin, dann auf die beiden gut gefüllten Kelche, die jetzt wie vergessen auf dem Schreibtisch standen, und schließlich musterte er Penny mit unverhohlenem Argwohn in seinen Augen.

Er dachte doch hoffentlich nicht, dass sie seinem Bruder etwas angetan hatte? "Er wurde gestochen. Oder gebissen", sagte sie rasch, ging zum Bett hinüber und deutete auf

Xaviers Fuß, der unter dem heruntergerollten Socken noch immer halb entblößt war. Um die Stelle mit den beiden winzigen Löchern hatte sich eine tiefrote Schwellung gebildet.

"Großer Gott", sagte eine Stimme hinter ihr. Sie gehörte Schneiders, der Assistentin. "Das sieht ja furchtbar aus. Ist er daran gestorben?"

"Ich ... denke schon", sagte Penny. "Es ging alles so schnell. Er litt starke Schmerzen, dann wurde ihm übel. Und schwindlig. Und schließlich –" Sie ließ den Satz unvollendet. Man konnte auch ohne ihre Erklärung sehen, was dann geschehen war.

"War er allergisch?", fragte Louise, die sich neben ihren Verlobten gedrängt hatte und seinen Arm umklammert hielt. "Man kann an einem einfachen Bienenstich sterben, wenn man darauf allergisch ist, das wisst ihr doch bestimmt?"

Die anderen nickten wortlos.

Penny versuchte, Schock und Verwirrung abzuschütteln und einen halbwegs klaren Kopf zu bekommen. "Eine Biene, im Dezember?", fragte sie. "Nachts, in einem Zug?"

"Hm, ja", murmelte Louise. "Nicht so wahrscheinlich."

Schneiders wandte sich zum Gehen. "Ich werde Madame Salmann informieren", verkündete sie in bemüht sachlichem Tonfall und war schon im nächsten Augenblick verschwunden.

Martin sprach die beiden Zugbediensteten an. "Sie können auf Ihre Posten zurückkehren", verkündete er steif. "Hier können wir nichts mehr tun. Und kein Wort zu den anderen Passagieren, ja? Wir müssen das professionell handhaben."

Er drehte sich zu seiner Frau um, wie um ihre Zustimmung

zu erheischen, doch die blickte geradewegs durch ihn hindurch. Ihr Blick war auf das geschwollene Bein des Toten fixiert, und sie selbst war so blass geworden, als wären auch ihre Stunden auf Erden bereits gezählt.

9.

Kurz vor Landeck, 0.45 Uhr

Insgeheim musste Penny Madeleines Einschätzung ihrer Söhne zustimmen, auch wenn sie wenig schmeichelhaft war. Martin, der Älteste, sah sich eindeutig genötigt, das Krisenkommando zu führen, war damit aber heillos überfordert.

Man konnte ihm förmlich dabei zusehen, wie es hinter seiner hohen Stirn arbeitete. *Quälerisch langsam und nicht sehr effizient*, dachte Penny im Stillen. Der IQ seiner Mutter war bestimmt doppelt so hoch wie der seine. Aber noch war Schneiders, die sich aufgemacht hatte, um die Matriarchin zu holen, nicht zurückgekehrt. Vermutlich hatte Madeleine bereits geschlafen.

Martin schien keine bessere Idee zu haben, als auf seine Mutter zu warten. Genau wie die anderen, die wie Salzsäulen in Pennys Abteil herumstanden. Sie selbst hatte sich wieder gefasst, konnte sich aber einfach keinen Reim darauf machen, was Xavier zugestoßen war. Obwohl sie selbst aus nächster Nähe Zeugin seines Todes geworden war.

Sie drängte sich zwischen den Herumstehenden durch, um noch einmal die seltsame Wunde an Xaviers Fuß zu betrachten – da schrie plötzlich jemand auf. Es war Jacques, Martins jüngerer Bruder. Im nächsten Moment ging er in die Knie und riss sein Hosenbein hoch.

Penny überkam ein quälendes Gefühl des Déjà-vu. Sie lief auf den mittleren Salmann-Sprössling zu, um besser sehen zu können – und prallte wie an einer unsichtbaren Mauer zurück, als sie einen Blick auf seinen Fuß erhaschte. Da waren sie wieder, die zwei winzigen, eng nebeneinander liegenden Löcher. Genau wie bei Xavier.

Leben kam in die Anwesenden, nein, Panik. Louise entfuhr ein spitzer Schrei, Martin eilte seinem Bruder zur Hilfe, packte ihn beim Arm und half ihm auf das Sofa, wo er sich schwer fallen ließ.

In diesem Augenblick betrat Madeleine das Abteil, dicht gefolgt von Schneiders. "Was ist hier los?", rief sie im Tonfall eines Feldmarschalls, doch im nächsten Augenblick verschlug es selbst ihr die Sprache.

Jacques saß stöhnend da, seine Augen schwammen in Tränen, und er hielt sein Bein umklammert, als wolle er es ausreißen.

"Wir brauchen einen Arzt", rief Penny. "Ein Krankenhaus. Sie müssen den Zug anhalten, Frau Salmann!"

Madeleine nickte mechanisch. "Wo sind wir gerade?", wandte sie sich an Schneiders.

Die blickte einen Sekundenbruchteil lang ratlos drein, doch dann zückte sie ihr Smartphone, mit dem sie ohnedies zusammengewachsen schien, und tippte ein paar Mal aufs Display.

Eine Navigations-App, ging es Penny durch den Kopf. Es war kinderleicht, damit festzustellen, wo man sich gerade befand.

"Wir haben eben Landeck passiert", verkündete die Assistentin.

"Sollen wir die Notbremse ziehen?", fragte Louise, an niemand bestimmten gewandt. "Es gibt doch eine Notbremse in diesem Zug?"

"Natürlich gibt es die", kam es in schneidendem Tonfall von Madeleine zurück. "Es wird uns nur nichts nützen, den Zug hier auf offener Strecke anzuhalten. Im Gegenteil." Sie deutete in Richtung Fenster, wo nichts zu erkennen war, außer tiefschwarzer Nacht und wirbelndem Schnee.

"Ich kenne die Strecke", fügte sie hinzu. "Kurz nach Landeck – das heißt, wir sind hier mitten im Nirgendwo. Nicht mal bei gutem Wetter könnte hier ein Rettungswagen zu den Gleisen zufahren."

Sie schüttelte den Kopf. "Das kannst du vergessen." Ihr Blick wanderte zu Jacques hinüber, der sich stöhnend auf dem Sofa wand, dann erteilte sie ihrer Assistentin einen weiteren Befehl. "Schneiders, checken Sie, wo das nächste Spital ist."

Madeleines Stimme hätte man nicht anmerken können, dass gerade einer ihrer Söhne verstorben war, und den zweiten demnächst das gleiche Schicksal ereilen würde, wenn nicht ein Wunder geschah. Sie behielt einen kühlen, nein, einen eiskalten Kopf, strahlte pure Effizienz aus in einer Situation, in der andere längst die Nerven weggeschmissen hätten. Penny fröstelte es.

Schneiders wischte über das Display ihres Smartphones. "In Zams gibt es ein Spital", verkündete sie, "aber das liegt hinter uns. "Das nächste ist in ... hmm. Ich fürchte, wir sind hier tatsächlich mitten im Nirgendwo. Ich habe noch nicht einmal brauchbaren Telefonempfang."

"So beeilen Sie sich doch", nörgelte Madeleine.

"Verzeihung, Madame. Die österreichische Geografie –"

"– ist Ihnen fremd? Wirklich, Schneiders, ich dachte, ich

könnte mich auf Sie verlassen."

Die Assistentin zuckte kaum merklich zusammen, tippte dann aber erneut auf ihrem Display herum. "Jetzt ist der Empfang ganz weg, fürchte ich", nuschelte sie. Auf ihrer Stirn glänzten Schweißperlen.

"St. Anton", kam es von Madeleine, nach einer kurzen Stille. "Das sollte ganz in der Nähe sein. Nur ein paar Kilometer weiter. Da gibt es ein Spital, wenn ich mich recht entsinne. Und ich kenne einen sehr guten Arzt. Dr. Ludwig Stiller, eine echte Koryphäe."

Sie zögerte nur wenige Sekunden, dann schien sie eine Entscheidung gefällt zu haben. "Wann können wir dort sein? Nun, machen Sie schon, Schneiders, stehen Sie nicht herum, informieren Sie den Zugführer! Volle Geschwindigkeit bis St. Anton. Und rufen Sie einen Rettungswagen. Er soll direkt zum Bahnhof kommen. Ich versuche inzwischen, Dr. Stiller zu erreichen."

Bestimmt reist Madame Salmann gerne zur Wintersaison nach St. Anton, ging es Penny durch den Kopf. Das kleine Dorf am Arlberg war *der* Treffpunkt der High Society, wenn es ums Skilaufen ging. Oder schlicht darum, die Wintermonate unter seinesgleichen zu verbringen. Auch an Spas, Beautyfarmen, Luxusrestaurants und Bars herrschte kein Mangel in St. Anton. Pennys Mutter urlaubte regelmäßig hier.

Schneiders huschte davon, Madeleine durchwühlte ihre Handtasche nach ihrem eigenen Telefon, während Penny dabei zusehen musste, wie Jacques Salmann den gleichen Prozess rapiden körperlichen Verfalls durchlebte wie sein Bruder kaum eine Stunde zuvor.

Wir werden es niemals rechtzeitig schaffen. Der Gedanke drängte sich in Pennys Kopf und ließ sich nicht wieder vertreiben. *Jacques wird längst tot sein, bevor er einen Rettungswagen von innen sieht. Es geht so schnell.*

10.

Bahnhof von St. Anton am Arlberg, 1.15 Uhr

Als der Okzident Express in den Bahnhof von St. Anton einfuhr, konnte Penny durch die Panoramascheiben und das Glasdach des Zuges kaum noch etwas erkennen. Ein heftiger Sturm heulte und wirbelte dichte weiße Schneeflocken herum wie in einem Windkanal. Die Beleuchtung am Bahnsteig spendete nur ein diffuses Licht, wie durch einen Nebel.

Gleich neben dem Gleis ragte eine Betonwand auf, die die Flanke eines Berges abzustützen schien. Die Mauer wurde von riesigen Schrauben gehalten, oder wie immer diese Dinger hießen, wenn ihre Köpfe einen Durchmesser von zwanzig Zentimetern erreichten.

Dr. Ludwig Stiller, der Arzt, den Madame Salmann verständigt hatte, wartete bereits dick vermummt am Bahnsteig. Er war ein älterer, kahlköpfiger und ein wenig rundlicher Mann, mit kritisch dreinblickenden blauen Augen.

Als die Tür sich öffnete und er in den Zug geklettert kam, schüttelte er sich wie ein Bär und verteilte schweren nassen Schnee auf der Treppe. Er brachte einen Schwall eiskalter Luft mit sich, der Penny wie ein Peitschenhieb traf. Sie hatte sich direkt hinter Madame Salmann gedrängt, um den Arzt in Empfang zu nehmen. Hinter ihr scharten sich die Familienmitglieder. Jene, die noch lebten.

"Das mit dem Rettungswagen wird dauern", sagte Dr. Stiller anstelle einer Begrüßung. Penny fiel auf, dass er Madame Salmann nicht einmal die Hand reichte. Stattdessen rieb und massierte er seine Finger, die halb erfroren wirkten. "Die Straßen sind alle zu", erklärte er. "Massiver Wintereinbruch im gesamten Bundesland. Ich habe es auch nur bis hierher geschafft, weil ich keine zweihundert Meter entfernt wohne. Und die Strecke war schon die reinste Everest-Expedition."

"Es ist nicht mehr eilig", sagte Madeleine Salmann tonlos. "Meine Söhne sind tot. Alle beide." Ihre Stimme klang so neutral wie schon zuvor, nur ihre Unterlippe bebte beim Sprechen.

Der Arzt schloss kurz die Augenlider und stieß den Atem aus. Dann ergriff er doch Madame Salmanns Hand. "Wo sind die beiden? Lassen Sie mich sehen, ob ich nicht doch noch etwas für sie tun kann. Was, um Himmels willen, ist denn überhaupt passiert?"

Der alten Dame entfuhr ein Seufzer – der sie einen Moment lang fast menschlich wirken ließ. "Ich habe keine Ahnung. Kommen Sie. Sehen Sie selbst. Aber Sie werden nichts mehr tun können."

Die kleine Gruppe, die aus Penny, der Sekretärin und den verbleibenden Familienmitgliedern bestand, umringte den Arzt und drängte sich erneut in Pennys Abteil.

Dr. Stiller blieb stehen, als er die beiden Toten sah. Selbst für medizinische Laien wie Penny bestand kein Zweifel daran, dass Madeleine Recht hatte. Nicht einmal der beste Arzt der Welt konnte den beiden Brüdern noch helfen.

"Grundgütiger", murmelte Dr. Stiller, dann fasste er sich und trat auf Jacques zu, der leblos auf dem Sofa hing. Der Kopf war ihm auf die Brust gesunken, fast hätte man denken können, er hielte nur ein kleines Schläfchen – wenn der Rest seines Körpers sich im Tod nicht ebenso grotesk verkrampft hätte wie schon zuvor bei Xavier.

"Er wurde gebissen", sagte Penny, weil niemand der anderen das Wort ergriff. "Oder gestochen. Genau wie sein Bruder." Sie deutete auf die Leiche von Xavier auf ihrem Bett.

Der Doktor ging in die Knie und studierte eingehend Jacques´ Fuß, der grotesk angeschwollen war. Dabei murmelte er etwas Unverständliches vor sich hin, das jedoch ziemlich erstaunt klang. Nein, völlig perplex.

"Denken Sie, es könnte eine Giftschlange gewesen sein?", fragte eine zittrige Stimme.

Penny wandte sich um. Louise, Jacques Verlobte. Sie war nun Witwe, noch vor der Hochzeit. Sie hatte sich an Erikas Arm gekrallt und sah drein, als stünde sie kurz davor, den Verstand zu verlieren. Von ihrer Schönheit, ihrem sonnigen und freundlichen Gemüt, das sie den ganzen Abend über hatte strahlen lassen, war nichts mehr übrig.

Penny schaltete sich ein. "Wenn, dann müsste es eine winzige Schlange gewesen sein. Sonst hätten wir sie doch bemerkt! Und schauen Sie, Herr Doktor, wie eng diese beiden Löcher beisammen liegen." Sie deutete mit dem Zeigefinger auf Jacques´ Fuß.

Der Arzt nickte.

"Ich habe noch nie von einer tödlich giftigen Schlange gehört, die so klein wäre", fuhr Penny fort.

"Ich auch nicht", stimmte ihr Dr. Stiller bei.

"Was kann es denn dann gewesen sein?", fragte Madeleine, die sich jetzt wieder völlig unter Kontrolle zu haben schien.

"Ein tödlicher Spinnenbiss, nehme ich an", sagte der Arzt.

Er legte den Kopf schief. "Nichts was mir in meiner gesamten Laufbahn je untergekommen wäre, muss ich sagen. Es kann kein Stich sein, denn dann wäre da nur ein Loch. Sie liegen sehr eng beieinander, aber es sind eindeutig *zwei* zusammengehörige Wunden. Es war kein großes Tier, wenn man danach geht. Aber massiv giftig. Der Tod trat innerhalb von einer Viertelstunde ein, sagten Sie?"

Penny nickte.

Dr. Stiller ließ sich den Verlauf von Xaviers Todeskampf schildern. In allen Einzelheiten. Penny sprach stockend, darauf bedacht, vor der Familie des Verstorbenen nicht allzu quälerisch ins Detail zu gehen, dem Arzt aber gleichzeitig doch alle Informationen zu liefern, die er benötigte.

"Und bei seinem Bruder hier verlief es genau gleich?", fragte Dr. Stiller.

"Ja."

"Unfassbar." Der Arzt rieb sich das Kinn, auf dem sich ein grauer Bartschatten abzeichnete. "In Österreich ist mir definitiv kein Tier bekannt, dass solch einen Schaden anrichten könnte. Obwohl es in den letzten Jahren einige Neuzugänge bei uns gab. Aufgrund des Klimawandels, heißt es. Die Dornfingerspinne zum Beispiel. Oder Nosferatu. Ein scheußliches handtellergroßes und stark behaartes Biest", sagte er, sichtlich angeekelt. "Ähnlich einer Tarantel. Das sind zwei der wenigen Spinnen in Europa, die überhaupt einen Menschen beißen können. Die landläufige, bei uns heimische Spinne hat so schwache Klauen, die nicht einmal unsere Haut durchdringen können. Aber wenn eine Dornfingerspinne oder eine Nosferatu Sie erwischt, so ist das auch kaum schlimmer als ein Wespenstich."

"Eine allergische Reaktion vielleicht?", fragte Penny ohne rechte Überzeugung.

Der Arzt blickte skeptisch drein. "Gleich zwei Allergiker auf einmal? Und eine tödliche Reaktion innerhalb von Minuten?" Er schüttelte den Kopf. "Die Wahrscheinlichkeit dafür läge bei –"

Er brach ab, zuckte seine Schultern. "Nein, das ist ausgeschlossen. Die Symptomatik der Toten spricht auch dagegen." Er hob seinen Kopf und blickte zu Xavier hinüber, den er noch nicht näher untersucht hatte.

"Nein", bekräftigte er. "Das war auf gar keinen Fall eine allergische Reaktion. Wir haben es hier mit einer Vergiftung zu tun. Durch eine höchst toxische Substanz."

Penny zog es die Eingeweide zusammen. Sie schielte in die Zimmerecken, dann an die gläserne Decke des Abteils, auf der sich mittlerweile eine dichte Schneeschicht abgelagert hatte. Sie erwartete beinahe, dass sich von da oben just in diesem Augenblick ein Ungeziefer wie aus einem Horrorfilm abseilen würde. Die Erwähnung der handtellergroßen, stark behaarten Spinne hatte ihr alptraumhafte Bilder in den Kopf gepflanzt. Und den anderen im Raum schien es ähnlich zu ergehen.

Louise schniefte zitternd an Erikas Arm, Martin trat von einem Fuß auf den anderen – nur Madeleine und ihre Assistentin blickten noch halbwegs gefasst drein. Obwohl auch Schneiders die Schultern eingezogen hatte und ziemlich eingeschüchtert wirkte, im Vergleich zu ihrem sonst so kompetenten Auftreten.

"Ich bin wie gesagt kein Experte, was tödliche Spinnen anbelangt", nahm Dr. Stiller seine Erklärungen wieder auf, "aber ich denke, da gibt es weltweit nicht allzu viele Kandidaten. Wären wir in Australien, so würde ich auf eine Trichternetzspinne tippen. Die finden Sie mitten in Sydney, und die Männchen sind nicht besonders groß. Ich denke mal, für die würde der Abstand der Bisslöcher passen. Sie sind deutlich kleiner als die Weibchen, aber fünfmal so giftig. Und sehr aggressiv, heißt es. Aber natürlich sind die dort ansässigen Ärzte und Spitäler mit dem passenden Gegengift gerüstet."

Der Arzt blickte in die Gesichter der Anwesenden, in eines nach dem anderen. "Ich nehme an, niemand von Ihnen hat etwas Krabbelndes im Zug gesehen, seit Sie Wien verlassen haben. Oder vielleicht Spinnweben?"

Madeleine rümpfte die Nase. Penny konnte ihre Gedanken förmlich lesen. *Spinnweben in meinem Luxuszug*. Jede Oberfläche im Okzident Express, jede noch so dunkle Ecke, strahlte förmlich vor Sauberkeit.

"Wie soll denn so eine Spinne an Bord gekommen sein?", wandte sich Penny dem Arzt zu. "Sie könnte doch draußen um diese Jahreszeit gar nicht überleben, oder?"

"Bestimmt nicht", sagte der Arzt. "Vielleicht ist sie mit irgendwelchen Tropenfrüchten für die Bordküche eingeschleppt worden. Von solchen Fällen hört man gelegentlich. Das ist die einzige Erklärung, die ich mir vorstellen kann. Aber selbst das halte ich für sehr unwahrscheinlich."

11.

1.55 Uhr

Madeleine trat einen Schritt vor. Sie sah noch einmal zu Jacques hinüber, dann zu Xavier auf dem Bett, doch dann riss sie sich vom Anblick ihrer toten Söhne los und heftete ihren Blick auf Schneiders. "Geben Sie dem Zugführer Bescheid, dass er weiterfahren soll. Für meine Jungen kann ich ohnedies nichts mehr tun – außer sie zu Hause in Würde zu beerdigen. Und die Passagiere dürfen nichts von diesem Vorfall erfahren, verstanden? Eine Giftspinne an Bord des Okzident Express´ ..." Sie schloss die Augen und stieß hörbar die Luft aus.

Schneiders wollte davoneilen, um der Anordnung ihrer Chefin nachzukommen, doch der Arzt trat ihr in den Weg. "Warten Sie", sagte er. "Das ist nicht so einfach, wie Sie sich das vorstellen."

Madeleine sah ihn mit hochgezogenen Augenbrauen an. Sie war es eindeutig nicht gewohnt, dass jemand ihre Anordnungen in Frage stellte.

"Wir haben hier zwei ungeklärte Todesfälle", sagte der Arzt. "Wir müssen die Polizei verständigen."

"Ungeklärt? Aber Sie haben uns doch gerade erklärt, dass –"

Der Arzt fiel ihr ins Wort: "Ich habe lediglich Mutmaßungen angestellt. Wie ich Ihnen schon sagte, bin ich kein Experte für Gifttiere. Und diese beiden Todesfälle übersteigen alles, was mir in meiner Laufbahn je untergekommen ist. Da muss eine gründliche Autopsie gemacht werden, damit wir herausfinden, woran Ihre Söhne wirklich verstarben."

"Die Polizei?", echote Madeleine. "Wie stellen Sie sich das denn vor? Meine Passagiere –"

Erneut unterbrach der Arzt sie. "Madeleine", sagte er eindringlich, als wolle er einer alten Freundin gut zureden. "So sind nun einmal die Vorschriften. Sie können nicht einfach weiterfahren. Und wollen Sie denn nicht selbst wissen, was Ihre Söhne getötet hat?"

Madeleine biss die Zähne zusammen. Ihre Augen verengten sich zu dunklen Schlitzen. Sie murmelte etwas, das Penny nicht verstehen konnte, dass sich aber verdammt nach einem Fluch anhörte. Alles andere als ladylike.

Dann wandte sich die alte Dame erneut Schneiders zu, behielt dabei aber auch den Arzt im Auge. "Ich sage Ihnen, was wir machen. Sie, Schneiders, sprechen mit dem Zugführer. Die Passagiere sollen informiert werden, dass wir hier für eine Weile festsitzen. Erfinden Sie irgendeine Geschichte wegen der Schneeverwehungen. Ein Lawinenabgang auf der Strecke vor uns. Ein technisches Gebrechen aufgrund des Unwetters, was weiß ich. Das ist immer noch besser als zwei Tote – die irgendwelchen Killer-Spinnen zum Opfer fielen. An Bord meines Zuges!"

Daraufhin drehte sie sich ruckartig zu Penny um. "Was raten Sie, wie sollen wir weiter vorgehen?", fragte sie.

"Ich?", sagte Penny erstaunt.

"Sie sind doch Detektivin, haben Sie erzählt. Nicht wahr? Jetzt können Sie sich beweisen. Finden Sie heraus, was meine Söhne umgebracht hat. Zumal Sie in *Ihrem* Abteil starben."

Penny schluckte. Die Anschuldigung, die in diesen Worten mitschwang, war nicht zu überhören. Zum Glück wollte die Matriarchin nicht auch noch Details hören, warum Xavier sich ausgerechnet in Pennys Kabine aufgehalten hatte. Wobei – die Champagnerflasche samt zwei Gläsern sprach wohl für sich.

Ein scheußlicher Gedanke machte sich unvermittelt in Pennys Kopf breit: Was, wenn das tödliche Ungeziefer später zugebissen hätte? Zu einem Zeitpunkt als Xavier und sie ... nun ja, bereits zusammen unter der Bettdecke gesteckt hätten? Was, wenn Xavier mitten während des Liebesaktes gestorben wäre? Oder noch schlimmer: Was, wenn das Vieh sich sie selbst als Opfer auserkoren hätte? Sie wollte nicht einmal daran denken.

"Wenn es wirklich eine Giftspinne war, die Ihre Söhne getötet hat", wandte sie sich wieder Madeleine zu, "so muss sie noch an Bord sein. Sie wird kaum freiwillig in den Schneesturm hinausgekrabbelt sein, selbst wenn sie eine passende Ritze oder einen sonstigen Weg aus dem Zug gefunden hätte."

"Es gibt hier keine Ritzen, wie Sie das ausdrücken, meine Liebe", sagte Madeleine indigniert.

"Ja, äh, natürlich. Wie ich schon sagte, das Insekt muss noch an Bord sein. Ich schlage vor, dass wir alles gründlich durchsuchen. Angefangen mit meinem Abteil hier. Natürlich sehr vorsichtig – nicht, dass noch jemand gebissen wird."

Madeleine erwiderte nichts – was Penny als Zustimmung wertete. Also fuhr sie fort: "Wir teilen uns auf. Jeder durchsucht sein Abteil, und wenn Zugpersonal entbehrlich ist, so können die den Gang übernehmen. Dort gibt es ohnedies kaum Unterschlupf für ein Insekt – das ist rasch erledigt. Wenn wir hier in den beiden vorderen Waggons nichts finden, dann nehmen wir uns den Salonwagen vor. Ich hoffe mal, dass die meisten Passagiere bereits ins Bett gegangen sind. Um diese Zeit. Und dass die Spinne nicht bis ins Restaurant vorgedrungen ist. Oder gar in die hinteren Waggons. Wenn sie denn überhaupt existiert." Sie blickte auf ihre Armbanduhr. 2.05 Uhr.

Erika trat einen Schritt zurück und warf ihrem Mann einen seltsam anmutenden Blick zu. Beide schienen von der Vorstellung, den Zug nach einem tödlichen Insekt zu durchwühlen, nicht sehr angetan. Was Penny ihnen nicht verübeln konnte.

Sie selbst hätte sich am liebsten übergeben, bei der Vorstellung, womöglich irgendwo einer gruselig behaarten Spinne, die handtellergroß war, zu begegnen. Auch wenn der Doktor behauptet hatte, das Tier müsse recht klein sein. Vielleicht war es ja riesig und hatte nur eng zusammenstehende Klauen. Oder womit immer diese Viecher zubissen.

Louise weinte nicht mehr. Sie hatte sich an die Wand gleich neben der Tür gelehnt und schien in eine Art lethargische Starre verfallen zu sein. Aber immerhin hob sie jetzt den Kopf, sah Penny aus geröteten Augen an und nickte. "Ich nehme mir unser Abteil vor", sagte sie mechanisch.

"Ich muss protestieren!", meldete sich der Arzt zu Wort. "Das, was Sie da vorschlagen, diese Suchaktion, das ist viel zu gefährlich! Wollen Sie riskieren, dass noch jemand von Ihnen gebissen wird? Ich finde wirklich, dass wir –"

"Wir werden vorsichtig sein", unterbrach ihn Madeleine, in einem Tonfall, der jeden Widerspruch im Keim erstickte.

"Am besten zieht jeder seine Winterstiefel an, bevor wir mit der Suche beginnen. Dann sind unsere Füße geschützt. Und ansonsten haben wir ja alle Augen im Kopf, nicht wahr? Wir wissen jetzt, wovon die Gefahr ausgeht."

Sie fragte nicht nach, ob überhaupt jeder der Anwesenden ein paar Winterstiefel mit an Bord gebracht hatte, oder gar, ob irgendjemand an der Suchaktion lieber nicht teilnehmen wollte. Ihr Wort war Befehl, Einwände wurden nicht geduldet, die Reputation ihres Zuges hatte Vorrang vor persönlichen Interessen. Ende der Diskussion.

Penny fühlte sich schuldig, weil sie selbst die Suchaktion nach der Spinne vorgeschlagen hatte. Sie sah ein, dass der Doktor Recht hatte. Die Sache *war* gefährlich, aber dennoch behielten ihr Spürsinn und ihre Neugier, die sie kaum je in den Griff bekam, die Oberhand. So sehr sie sich vor Krabbeltieren ekelte, ihr Drang, die beiden Todesfälle selbst aufklären zu können, war stärker. Schließlich war sie eine angehende Detektivin!

Dr. Stiller wagte noch einen weiteren Versuch, Madeleine zur Vernunft zu bringen, den sie mit einer herrischen Handbewegung abwürgte, dann gab er sich geschlagen. Er stöhnte nur leise auf und sagte: "Sie selbst sollten sich aber unbedingt etwas hinlegen, Madeleine. Denken Sie an Ihr Herz! Ich kann Ihnen ein Beruhigungsmittel geben, wenn Sie möchten."

Sie winkte ab. "Ich brauche nichts. Es geht jetzt um die Reputation meines Zuges. Der – wie Sie sich erinnern dürften – dem Andenken meines verstorbenen Mannes gewidmet ist. Ich werde gemeinsam mit Schneiders mein eigenes Abteil durchsuchen. Dann das ihrige. Wir leisten unseren

Beitrag."

Der Arzt nickte langsam. "Aber seien Sie um Himmels willen vorsichtig, fassen Sie nirgendwo hin, wo Sie nicht einsehen können! Und vergessen Sie die Wände und die Decke nicht."

Penny blickte sich in ihrem Abteil um. Hier waren die beiden Männer gestorben. Es war ein Tatort. Bei ihrer Suche würde es wichtig sein, möglichst keine Spuren zu zerstören. Falls sie die Spinne nicht aufspüren konnten, und es am Ende doch ein ungeklärter Todesfall blieb.

Sie stöhnte innerlich auf. Der Tatort war längst kontaminiert worden. Jede Menge Menschen waren hier drin planlos durcheinander gelaufen, und das mehrere Stunden lang. Die Toten waren berührt worden, ebenso wie ein Gutteil der Oberflächen im Raum. Wenn hier am Ende ein Spurensicherungsteam zum Einsatz kam, so würden die sie bestimmt verfluchen.

"Bleiben Sie an Bord, Doktor?", wandte sie sich dem Arzt zu. *Falls es einen weiteren Notfall gibt,* fügte sie in Gedanken hinzu, sprach ihre Sorge aber nicht aus. Das würde die anderen nur noch mehr ängstigen.

Dr. Stiller jedoch schien sie auch so zu verstehen. "Selbstverständlich", sagte er bedächtig. "Aber wie gesagt, lassen Sie äußerste Vorsicht walten. Wir haben hier kein Gegengift für diese Spinne verfügbar, um welche Art es sich auch letztendlich handeln mag."

Soll heißen, wenn noch jemand gebissen wird, so kann auch der Arzt nichts weiter tun, als ihm oder ihr beim Sterben zuzusehen, dachte Penny.

Tolle Aussichten. Sollten sie nicht doch besser den

gesamten Zug evakuieren? Und versuchen, die Passagiere in den nächstgelegenen Hotels unterzubringen, auch wenn das mitten in diesem Schneesturm bestimmt kein leichtes Unterfangen war? Aber dann was – einen Kammerjäger rufen?

Nein, sagte sich Penny. Erst einmal herausfinden, womit sie es wirklich zu tun hatten. Vielleicht hatten sie ja etwas übersehen oder waren von ganz falschen Voraussetzungen ausgegangen. Die Theorie der eingeschleppten Killerspinne aus fernen Ländern, die an einem Abend gleich zwei Menschen anfiel, schien ihr einfach unglaubwürdig, je länger sie darüber nachdachte. Außerhalb von Horrorfilmen stürzten sich doch selbst die giftigsten Tiere nicht einfach grundlos auf harmlose Menschen, oder etwa doch?

Weder Xavier noch Jacques waren auf das Tier getreten. Es war aus freien Stücken an ihren Füßen hinaufgeklettert – und sollte dann unprovoziert zugebissen haben?

Verfügte selbst die tödlichste Spinne überhaupt über genügend Gift, um mehr als einen Menschen damit zu töten? Penny nahm sich vor, diesen Punkt zu recherchieren, sobald sie die Zeit dazu fand.

Falls dieses Untier aber doch existierte, so waren die Passagiere hier in den vorderen Waggons – Madame Salmanns Familie – nun gewarnt und auf der Hut, und das hypothetische Monster war bestimmt nicht den ganzen Weg durch den Salon und das Restaurant bis ins hintere Ende des Zuges durchgekrabbelt.

"Was ist mit der Polizei?", schaltete der Arzt sich noch einmal ein.

"Wenn wir die Spinne finden, haben wir ja keine

ungeklärten Todesfälle mehr", erwiderte Madeleine, bevor Penny etwas sagen konnte. "Dann brauchen wir wohl keine Polizei, oder? Ist Ihnen nicht klar, Ludwig, wie das für meine Passagiere aussieht, wenn hier plötzlich die Polizeibeamten einfallen?"

"Ja, aber –", wollte der Arzt einwenden.

"Und wenn wir keine Spinne entdecken?", fragte Penny dazwischen.

"Dann können wir immer noch die Polizei rufen", sagte Madeleine knapp. Sie wartete keinen weiteren Einwand des Arztes ab. Stattdessen wandte sie sich den Mitgliedern ihrer Familie zu. "Worauf wartet ihr? Finden wir dieses Ungeziefer!", befahl sie im herrischen Tonfall einer Offizierin.

Die anderen setzten sich wie Schlafwandler in Bewegung. In ihren Gesichtern standen Ratlosigkeit und Angst geschrieben. Penny hielt Madeleine zurück, die ebenfalls in Richtung Tür steuerte, und flüsterte ihr zu: "Madame Salmann, ich denke es wäre gut, wenn fürs erste niemand den Zug verlassen kann. Bitten Sie den Zugführer, die Außentüren geschlossen zu halten. Und mein Abteil riegeln wir auch ab, nachdem ich es durchsucht habe. Wir lassen die Toten, wo sie sind. Und wir sehen zu, dass niemand von hinten in die vorderen Wagen kommt."

"Wozu denn das alles?", fragte Madame Salmann argwöhnisch.

"Falls es doch keine Spinne war, die Ihre Söhne getötet hat", erwiderte Penny.

12.

2.45 Uhr

"Ich glaube, diese Spinne ist ein Phantom", sagte Penny zu Dr. Stiller. Sie ließ sich auf dem Stuhl vor dem gediegenen Holzschreibtisch nieder und atmete ein paar Mal tief durch.

Andere Sitzgelegenheiten waren in ihrem Abteil nicht verfügbar, denn am Sofa lag noch immer die Leiche von Jacques Salmann und am Bett jene von Xavier. Penny vermied es, die beiden anzusehen. Nach der Untersuchung durch den Arzt hatte niemand mehr die Toten berührt - für den Fall, dass am Ende doch eine Polizeiuntersuchung notwendig würde.

"Die anderen haben wohl auch nichts entdeckt", erwiderte Dr. Stiller. "Sonst hätte man uns bestimmt Bescheid gegeben." Der Arzt hatte Penny bei der Durchsuchung ihres Abteils geholfen - das immerhin der wahrscheinlichste Aufenthaltsort der Spinne war. Wenn das geheimnisvolle Tier denn tatsächlich existierte.

Jetzt jedoch gab Dr. Stiller sich ebenfalls geschlagen. Stumm sah er Penny an und machte dabei einen durch und durch ratlosen Eindruck.

Penny verzog die Mundwinkel. Während sie vorsichtig ihren schmalen Kleiderschrank durchsucht hatte, indem sich nur wenige ihrer Wäschestücke befanden, war ihr ein neuer Gedanke gekommen. Einer, der ihr seither keine Ruhe mehr ließ - weshalb sie nun beschloss, ihn mit dem Doktor zu teilen. "Was wenn wir die Spinne nicht finden können, weil sie längst entsorgt wurde?", fragte sie.

Dr. Stiller sah sie verständnislos an. "Ich denke doch, man hätte das Tier nicht einfach die Toilette runtergespült, wenn es gefunden worden wäre. Wir haben doch klar gemacht, wie wichtig es ist, dass es korrekt identifiziert wird. Wir wären bestimmt informiert worden."

"Das meine ich nicht", sagte Penny. "Worauf ich hinaus will, ist etwas anderes." Sie zögerte, doch dann sprach sie rasch weiter. "Was, wenn diese Spinne sich nicht mit irgendeiner Tropenfrucht in den Zug verirrt hat, sondern absichtlich eingeschleust wurde?"

"Ich fürchte, ich verstehe nicht."

"Was, wenn jemand sie mit an Bord brachte – mit dem bewussten Vorsatz, sie im Zug ihr tödliches Werk tun zu lassen? Jemand, der sie nach getaner Tat wieder verschwinden ließ. Er hätte das Tier ja einfach in der Toilette runterspülen können, wie Sie eben festgestellt haben. Eine wunderbar einfache Art, etwas so Kleines loszuwerden. Das wäre doch die perfekte Waffe, denke ich mir – eine, die man auf Nimmerwiedersehen verschwinden lassen kann, wenn man sie nicht mehr braucht."

Der Arzt zog beide Augenbrauen hoch. "Reden Sie von ... Mord?", fragte er ungläubig. "Per Giftspinne?"

Penny zuckte mit den Schultern. "Ich weiß, wie verrückt sich das anhört. Aber möglich wäre es doch, nicht wahr? Es scheint mir immerhin noch wahrscheinlicher, als dass sich so ein Monsterinsekt von ganz allein vom anderen Ende der Welt zu uns nach Österreich verirrt hätte. Mitten im Dezember, und ausgerechnet in einen Zug? Der penibel sauber gehalten wird? Und dass es hier dann wahllos Menschen angreift? Es ist doch keine neue Idee, einem Feind eine

Giftschlange ins Bett zu legen oder etwas Ähnliches. Einen Skorpion in den Schuh ... Das gab es doch alles schon. Warum also nicht auch eine Spinne in einen Zug einschleusen?"

Der Arzt rümpfte die Nase. "Meine liebe junge Dame –" Er unterbrach sich. "Madeleine erwähnte, dass Sie eine Detektivin sind?"

"Angehende Detektivin", korrigierte Penny ihn, aber er schien sie nicht zu hören. Er sprach bereits weiter: "Erstens: Spinnen sind keine Insekten, sondern Arachniden. Sie haben acht Beine – versus sechs bei Insekten."

"Danke für den Nachhilfeunterricht", sagte Penny. "Das spielt doch wohl keine Rolle. Ich –"

"Und zweitens", fiel ihr der Arzt ins Wort, "sollten Sie achtgeben, dass Ihre – zweifellos sehr ausgeprägte – Fantasie nicht mit Ihnen durchgeht. Die Art von Attentat, die Sie sich da ausgemalt haben, wäre doch sehr ... wie soll ich sagen?"

"Sehr ungewöhnlich? Unvorstellbar?", fragte Penny. "Das ist mir durchaus klar. Es ist ja auch nur eine Möglichkeit, die mir durch den Kopf gegangen ist. Ich wollte bloß Ihre Meinung dazu hören."

"Meine Meinung? Ich bin der festen Überzeugung, dass Giftspinnen als Mordwaffen ausscheiden. Also außerhalb von Fernsehkrimis. Überlegen Sie doch mal, wie sollte das denn vonstattengegangen sein? Das Tier war ja eben *nicht* in einem Schuh oder etwas Ähnlichem versteckt, in der Erwartung, dass das potenzielle Opfer darauf treten würde. Im vorliegenden Fall hätte der Täter die Spinne schon direkt auf die Füße der beiden Männer fallen lassen müssen, und selbst dann hätte er keine Garantie gehabt, dass das Tier auch tatsächlich zubeißt. Anstatt einfach wegzukrabbeln, was die natürliche Reaktion wäre. Gifttiere setzen ihre Waffen im Allgemeinen nur für die Jagd oder zur Verteidigung ein."

Penny nickte. "Das ist mir schon bewusst."

"Sie waren doch mit dem ersten Opfer allein im Abteil, als er gebissen wurde, nicht wahr? Da war kein potenzieller Täter in der Nähe, wenn ich Sie richtig verstanden habe? Niemand, der eine Spinne auf Herrn Salmann gehetzt haben könnte."

"Ja, schon klar."

"Na also!", ereiferte sich der Arzt. "Und selbst wenn: Soll dieser Unbekannte das Tier zum Killer abgerichtet haben? Dass es auf Kommando über sein Opfer herfiel und zubiss?"

Penny schüttelte wortlos den Kopf.

"Eben. Also schlagen Sie sich diese verrückte Theorie gleich wieder aus dem Kopf, mein liebes Kind!"

"Okay", sagte Penny kleinlaut, doch vollends überzeugt war sie nicht.

Die Spinne war in deinem Abteil, meldete sich eine warnende Stimme in ihrem Hinterkopf. *Wenn das Untier wirklich da platziert worden wäre, dann müsste das doch heißen ... dass jemand es auf dich abgesehen hat! Nicht auf Xavier, der nur bei dir zu Gast war, und das ziemlich spontan.*

Ach du lieber Himmel. Sie konnte nicht verhindern, dass ihr Gehirn Amok zu laufen begann. Wer wusste, dass sie heute Nacht in diesem Zug sein würde? Ihre Mutter natürlich. Und ihr Verlobter. Die beiden Menschen, die mit ihr gebrochen hatten, seit sie sich zur Ausbildung als Detektivin entschlossen hatte. Aber keiner der beiden würde doch hoffentlich so weit gehen, eine Giftspinne auf sie loszulassen? Oder doch?

Stefan, ihr Verlobter – nein, ihr Ex-Verlobter – hatte durchaus manchmal Probleme damit, sein Temperament zu zügeln. Man konnte ihn als Hitzkopf bezeichnen. Aber ein Mordanschlag?

Weiter kam sie nicht mit diesem erschreckenden Gedanken, denn in diesem Augenblick klopfte es an der Tür. Gleich mehrmals hintereinander und sehr forsch.

Penny stand auf und durchquerte das Abteil, wobei sie noch immer ein Auge über die Wände und die Decke wandern ließ, in halber Erwartung, dass sich dort eine Monsterspinne materialisieren würde. Mit einem Ruck öffnete sie die Tür – und fand sich Christiane Schneiders gegenüber.

Madame Salmanns Assistentin warf einen Blick in den Raum, nickte kurz dem Doktor zu, dann neigte sie ihren Kopf dicht an Pennys Ohr heran. "Darf ich Sie kurz sprechen, Frau Küfer?"

Sie wartete keine Antwort ab, sondern fasste Penny behutsam am Ärmel und zog sie zu sich auf den Gang hinaus. "Madame Salmann schickt mich. Sie möchte Sie dringend sehen", flüsterte sie. "Vorne, in ihrem Abteil. Würden Sie bitte mit mir kommen?"

"Was ist denn?", fragte Penny. Schneiders´ seltsame Heimlichtuerei legte nahe, dass sie nicht gekommen war, weil Madame Salmann die Spinne entdeckt hatte.

Die Assistentin zögerte. Sie blickte sich argwöhnisch im Gang um, doch der lag völlig verlassen da. "Wir können doch auf Ihre Diskretion zählen, nicht wahr?", fragte sie dann, noch immer im Flüsterton. "Als Detektivin – da unterliegen Sie einer Schweigepflicht gegenüber Ihren Klienten, richtig?"

Penny unterließ es, die Frau darüber zu informieren, dass sie gerade erst mit der Ausbildung zur Detektivin begonnen hatte. Eben zuvor hatte sie versucht, das Dr. Stiller zu erklären, aber anscheinend interessierte es niemanden.

Madame Salmann jedoch musste es wissen, Penny hatte beim Dinner mit der alten Dame lang und breit über ihre Ausbildung an der Detektivakademie und über ihre Karriereträume gesprochen. Und trotzdem wollte die Matriarchin Penny in ihrer professionellen Eigenschaft sprechen?

"Keine Sorge, ich bin diskret", gab sie Schneiders zur Antwort. "Aber jetzt sagen Sie schon – was ist denn los?"

Die Assistentin drückte herum, schien um die richtigen Worte verlegen. "Madame wollte es mir nicht verraten, sie hat nur ... einige Andeutungen gemacht."

Sie rückte noch näher heran, sodass ihre Lippen beinahe Pennys Ohr berührten. "Ich denke, Madame glaubt, dass ihre Söhne ermordet wurden. Oh bitte, kommen Sie und sprechen Sie mit ihr", fügte sie hinzu. "Madame ist außer sich."

Schneiders äugte in Pennys Abteil hinein, wo der Arzt beim Fenster stand und in den Schneesturm hinaus blickte. Er wollte wohl betont nicht neugierig wirken und hatte sich abgewandt, nachdem Schneiders Penny auf den Gang hinaus gezogen hatte.

Die Assistentin machte eine Kopfbewegung in Richtung des Doktors. "Ich habe Madame gebeten, auch nach Monsieur Stiller zu schicken, weil sie sich sehr aufgeregt hat. Aber sie wollte nichts davon wissen. Sie ist zwar eine sehr starke Frau, aber doch schon alt, nicht wahr? Es ist doch gefährlich, wenn sie nichts zur Beruhigung einnehmen will!"

Im Gesicht der Assistentin stand große Sorge zu lesen. "Sie möchte mit Ihnen allein sprechen, Frau Küfer", wiederholte sie dann, diesmal etwas lauter und wieder halbwegs gefasst. "Bitte kommen Sie mit mir."

Penny zögerte nicht länger, sondern folgte der Assistentin den Gang entlang. Unter all dem Glas in der Außenhaut des Zuges hatte man den Eindruck, durch einen Schneetunnel zu laufen.

Ermordet?, versuchte Penny die Information zu verarbeiten, die Schneiders ihr soeben gegeben hatte. Die Matriarchin dachte, dass ihre beiden Söhne ermordet worden waren? War sie einem ähnlichen Gedankengang gefolgt, wie Penny ihn eben zuvor mit dem Doktor durchgesprochen hatte?

Schneiders schritt zügig voran, aber Penny hatte keine Mühe ihr zu folgen. Jetzt wo der Zug stillstand, musste man nicht mehr darauf achten, in einer engen Kurve das Gleichgewicht zu halten.

Sie durchquerten die Schleuse, die zwischen Pennys Waggon und demjenigen lag, in dem sich das Abteil der Firmenchefin befand. Madame Salmann hatte die vorderste Kabine in ihrem Luxuszug belegt.

Sie hatten erst den halben Wagen durchquert, da flog die Tür von Madeleines Abteil auf, und eine laut schreiende Frau stürmte heraus.

Es war Erika Salmann. Mit vor Entsetzen weit aufgerissenen Augen lieft sie auf Penny und die Assistentin zu. Dabei stolperte sie beinahe über die eigenen Füße. "Madeleine ist tot!", rief sie mit erstickter Stimme. "Sie wurde ermordet!"

13.

3.02 Uhr

Penny stellte sich der völlig hysterischen Frau in den Weg. Sie bekam Erika Salmann an der Schulter zu fassen und schob sie vor sich her – zurück in Madeleines Abteil, aus dem sie eben gestürmt war.

Schneiders drängte hinter ihnen in den Raum, blieb jedoch wie vom Blitz getroffen direkt hinter der Tür stehen. Tränen schossen ihr in den Augen, als sie die Leiche ihrer Arbeitgeberin erblickte.

Madeleine war am Schreibtisch in sich zusammengesunken. Und Erika hatte die Wahrheit gesprochen. Die alte Dame war tot, daran konnte kein Zweifel bestehen.

Penny hatte Mühe, den Anblick zu verarbeiten, der sich ihr bot. Madeleines Oberkörper war vornüber auf die Arbeitsplatte des Schreibtisches gekippt, der Kopf war zur Seite gedreht und auf den rechten Arm gebettet – als wäre die alte Dame mitten während der Arbeit von einem heftigen Schlafbedürfnis übermannt worden.

Es war jedoch deutlich zu sehen, dass Madeleine nicht schlief. Aus ihrem Halsansatz, direkt über der linken Schulter, ragte der Griff eines Messers, und der seidene Morgenmantel, den die alte Dame trug, hatte sich so voller Blut gesogen, dass er scharlachrot glänzte. Madeleines Augen waren gebrochen und starrten ausdruckslos ins Leere.

Penny näherte sich der leblosen Frau, und ergriff vorsichtig ihr Handgelenk. Sie konnte keinen Puls mehr spüren. Sie beugte sich hinunter, dicht über das Gesicht der alten Dame, aber da waren auch keine Anzeichen einer Atmung mehr.

Und dennoch, sagte sich Penny, sie musste so schnell wie möglich Dr. Stiller holen. Vielleicht konnte er ja doch noch irgendein medizinisches Wunder wirken.

Sie wandte sich Schneiders zu: "Sie und Erika bleiben hier, ich hole den Arzt, okay?"

Schneiders nickte, sah dabei aber durch Penny hindurch. Ihr Blick war noch immer auf Madeleines Leiche fixiert.

All das Blut. *Die beiden Frauen müssen so rasch wie möglich hier weg,* ging es Penny durch den Kopf. Es würde den Schock, den sie erlitten hatten, nur noch vergrößern, wenn sie noch länger diesem Anblick ausgesetzt waren.

Nichtsdestotrotz, der Arzt hatte Vorrang. "Bleiben Sie, wo Sie sind", wiederholte Penny und suchte noch einmal den Blick der Assistentin, erntete aber auch diesmal nicht mehr als ein mechanisches Nicken.

"Sie dürfen nichts anfassen und niemanden hereinlassen, ja?"

"Ist gut", sagte Schneiders tonlos.

Penny huschte aus der Kabine und lief raschen Schrittes den Gang entlang. Sie brauchte kaum eine Minute, um ihr eigenes Abteil im nächsten Waggon zu erreichen.

"Was ist los?", empfing Dr. Stiller sie, kaum dass sie in die Kabine gestürmt war. Vermutlich konnte er an ihrem Gesichtsausdruck ablesen, dass etwas Schreckliches geschehen war.

"Kommen Sie bitte mit", war alles, was Penny herausbrachte. Der Arzt würde auch nichts mehr für Madeleine tun können, dessen war sie sich sicher, aber sie sah es dennoch als ihre Pflicht an, ihn so rasch wie möglich zu ihr zu bringen.

Der Doktor folgte ihr ohne weitere Fragen.

Als er Madeleines Abteil betrat und die Leiche vor sich sah, prallte er zurück, als wäre er gegen eine unsichtbare Wand gelaufen. "Jesus", keuchte er, dann jedoch schien er sich an seine ärztliche Pflicht zu erinnern und durchquerte rasch den Raum.

Schneiders und Erika hatten sich, wie es aussah, nicht von der Stelle bewegt. Schneiders lehnte an der Wand, gleich neben der Tür, schien sich aber schon wieder halbwegs unter Kontrolle zu haben. Zumindest blickte sie Penny und den Arzt aus Augen an, die zwar stark gerötet waren, aber ansonsten beinahe wieder normal wirkten.

Erika hingegen saß unverändert auf dem Sofa, auf dem sie vorhin zusammengebrochen war, kaum dass Penny sie losgelassen hatte. Sie regte sich nicht, lehnte so schlaff da wie eine ausrangierte Puppe. Ihre Augen waren verweint.

Der Doktor beugte sich über Madeleine und führte einige routiniert wirkende Handgriffe aus. Was genau er tat, konnte Penny nicht erkennen, weil er mit seinem Körper den Blick auf die Tote zur Gänze versperrte. Suchte er nach Puls und Atem, wie sie selbst es laienhaft getan hatte?

Nach allerhöchstens einer Minute richtete Dr. Stiller sich wieder auf und drehte sich zu Penny um. Er schüttelte wortlos, aber vielsagend den Kopf. Und bestätigte damit, was sie bereits vermutet hatte: Kein Arzt der Welt konnte Madeleine Salmann mehr helfen.

Dr. Stiller atmete schwer aus. "Ich werde sofort die Polizei verständigen", sagte er. "Ich kenne die Beamten der örtlichen Dienststelle."

Penny nickte wortlos. An der Polizei führte jetzt kein Weg mehr vorbei. Aus ihrer Suche nach einer ominösen Giftspinne war unvermittelt ein Mordfall geworden.

Der Arzt hatte bereits sein Smartphone am Ohr. Er sprach anscheinend mit einem Mann, den er gut kannte. Er war per Du, und sein Bericht wurde augenscheinlich nicht in Frage gestellt, so wahnwitzig er für den Polizeibeamten am anderen Ende der Leitung auch klingen mochte.

Zumindest musste Dr. Stiller nichts wiederholen, sondern legte im nächsten Augenblick auch schon wieder auf. "Sie machen sich so schnell wie möglich auf den Weg", erklärte er Penny. "Aber es wird etwas dauern. Sie sind gerade bei einem Verkehrsunfall mit mehreren Verletzten, die Straßen sind blockiert, eines ihrer Einsatzfahrzeuge ist aufgrund der Schneemassen liegen geblieben ... was weiß ich. Ich bin mir nicht sicher, ob ich alles richtig verstanden habe. Der Empfang war abscheulich."

Er kratzte sich am Kopf und sah dabei selbst drein, als könne er ärztliche Aufmerksamkeit gebrauchen. "Die Kriminalpolizei wird auch verständigt", fügte er hinzu, "das übernimmt der Beamte, mit dem ich gesprochen habe. Das kann aber noch länger dauern, bis die eintreffen. Keine Ahnung, ob sie überhaupt durchkommen werden, bei der Wetterlage."

Er blickte aus dem Fenster, wo kaum noch etwas zu erkennen war. So dicht und hartnäckig fiel mittlerweile der Schnee. Dann sah er Penny an, als habe er keinerlei Hoffnung auf rasche Hilfe von außen. "Was machen wir jetzt?", fragte er.

Sie schluckte. Jetzt lag es also an ihr. Die ersten Minuten nach einem Verbrechen konnten entscheidend sein, wenn es darum ging, den Täter zu finden – so viel wusste sie. Und sie waren zumindest noch für einige Zeit in diesem Zug auf sich allein gestellt.

Zuallererst war es wohl sinnvoll, den Tatort zu sichern und die wichtigsten Fakten zu sammeln. Was das anbelangte, war sie die einzige in diesem Abteil, die dazu in der Lage war. Diesbezüglich machte sie sich nichts vor.

Sie besaß zumindest Grundkenntnisse der Kriminalistik, wenn auch rein theoretischer Natur. Mehr als eine Woche Grundkurs der Detektivausbildung hatte sie nicht vorzuweisen – wo es hauptsächlich um Rechtliches und Bürokratisches gegangen war. Nicht um die Untersuchung und Sicherung eines Mordschauplatzes.

Dazu kam etwas Wissen aus Fachbüchern, aber das war immerhin mehr, als die anderen hier vorweisen konnten. Und sie hatte ihr ganzes Leben davon geträumt, Verbrechen aufzuklären – wenn sie dabei auch nicht annähernd an Ereignisse wie heute Nacht in diesem Zug gedacht hatte. Sie musste einen kühlen Kopf bewahren und das Kommando übernehmen, bis die Polizeibeamten eintrafen.

Penny zwang sich, die tödliche Wunde an Madeleines Hals genauer in Augenschein zu nehmen. Auch wenn ihr der Blutgeruch in die Nase stieg und ihr Übelkeit verursachte.

Sie besah sich die Waffe, deren auffälligen Griff aus dunklem Edelholz, verziert mit dem Logo des Okzident Express´, sie wiedererkannte. "Ein Steakmesser aus dem Restaurant", sagte sie zu Dr. Stiller. "Das könnte sich so gut wie jeder beschafft haben."

Der Arzt nickte, sagte aber nichts.

Penny wandte sich Erika zu, die noch immer auf dem Sofa saß und sehr blass aussah. "Was wollten Sie hier bei Ihrer Schwiegermutter?", fragte sie sie.

"Ich ... ich war das nicht!", platzte Erika heraus. "Sie denken doch nicht, dass ich –" Ihre Stimme überschlug sich.

"Schon gut", sagte Penny rasch. "Ganz ruhig. Ich glaube gar nichts. Ich will nur wissen, was hier geschehen ist."

Erika nickte ein paar Mal heftig, gab aber kein weiteres Wort von sich.

Penny ging zu ihr hinüber, beugte sich über sie und legte ihr die Hand auf den Arm, um sie zu beruhigen.

Der Doktor schien erst jetzt zu bemerken, dass sich Menschen im Raum befanden, die seiner Hilfe bedurften. Er kam ruckartig in Bewegung, hievte die kleine Arzttasche, die er mitgebracht hatte aufs Bett und öffnete sie. Vermutlich suchte er nach einem Beruhigungsmittel, das er Erika geben konnte.

Der Atem der kleinen, aber stämmig gebauten Frau ging unregelmäßig. Doch schließlich, nachdem Dr. Stiller ihr eine Spritze in den Arm verabreicht hatte, war sie doch in der Lage, einen einigermaßen klaren Bericht abzugeben.

"Madeleine hat mich angerufen", sagte sie zu Penny, während sie eine Strähne ihrer kurzen, ein wenig borstig wirkenden braunen Haare zwischen den Fingern drehte. "Aber ich bin nicht schnell genug gewesen. Ich war gerade im Bad und als ich endlich abhob, hatte Madeleine schon aufgelegt. Ich habe sofort zurückgerufen, aber niemand ging ran. Also bin ich persönlich herübergekommen. Ich war mit unserem Abteil schon fertig. Mit der Durchsuchung, meine ich. Nach der Spinne."

Sie deutete mit einer ungelenken Handbewegung auf die tote alte Dame. "Aber das hier war keine Spinne", flüsterte sie. Aus ihren Augenwinkeln quollen neue Tränen hervor.

Penny wandte sich der Assistentin zu. "Schneiders, als Sie vorhin Ihre Chefin verließen und in mein Abteil kamen, um mich zu holen – ist Ihnen da jemand auf dem Weg begegnet?"

Die Frage lag auf der Hand. Schließlich konnte der Mörder ja nur über den Gang zu Madeleines Abteil gelangt sein. Die Außentüren des Zuges waren verschlossen worden, wie Penny es vor einigen Stunden vorgeschlagen hatte, einen anderen Weg gab es also nicht.

Schneiders schüttelte den Kopf. "Keine Menschenseele", sagte sie.

"Auch kein Steward oder Kellner?"

"Nein." Die Assistentin sog hörbar die Luft ein, dann klang ihre Stimme wieder etwas mehr gefestigt. "Bestimmt nicht", bekräftigte sie. "Einer der Robo-Stewards fuhr an mir vorbei. Zur Zugspitze durch, denke ich. Dort ist ein Service-Abteil für die Mitarbeiter. Und natürlich die Steuerungskabine des Zugführers."

"Eine kleine Stärkung fürs Personal?", fragte Penny.

"Möglich. Ich habe nicht darauf geachtet, was der Robo-Steward dabei hatte."

Nun, der Roboter wird Madame Salmann wohl kaum erstochen haben, sagte sich Penny.

Schneiders löste sich von der Wand und trat einen Schritt auf Penny zu. Ihre Knie schienen noch ein wenig weich zu sein, aber ansonsten sah sie aus, als hätte sie sich zunehmend wieder im Griff. Den Blick in Richtung Leiche vermied sie jedoch.

"Als Sie Ihre Chefin verließen", nahm Penny den Faden wieder auf, "womit war sie da gerade beschäftigt?"

"Sie saß am Schreibtisch, so wie jetzt", erwiderte Schneiders.

"Mit dem Rücken zur Tür?"

"Nein, sie hatte sich ja zu mir umgedreht. Sie hatte mir aufgetragen, Sie zu holen."

Danach konnte die alte Dame sich wieder ihrer Arbeit am Schreibtisch zugewandt haben, überlegte Penny. Zur Rechten der Leiche lag ein dünner Tablet-Computer, der zwischenzeitlich in den Ruhemodus übergegangen sein musste. Der Bildschirm war schwarz.

Der Mörder hatte sich allem Anschein nach von hinten an Madeleine herangeschlichen und sie mit einem gezielten Messerstich in den Hals getötet. Vermutlich, bevor sie seine Anwesenheit überhaupt bemerkt hatte.

Die Steakmesser aus dem Restaurant waren bestens geschliffene Instrumente. Das hatte Penny beim Dinner selbst feststellen können. Man brauchte kein Fachmann zu sein, um sein Opfer mit so einer Waffe zu töten.

Sie wandte sich noch einmal an Schneiders: "Sie sind direkt zu mir gekommen, nehme ich an? Oder waren Sie auf dem Weg noch in einem der anderen Abteile?"

"Ich kam direkt zu Ihnen. Madame wollte Sie dringend sprechen, das sagte ich Ihnen ja." Schneiders war jetzt fast wieder die alte. Die effiziente, ein wenig spröde Assistentin, die Penny am Abend kennengelernt hatte.

"Also waren Sie nur wenige Minuten weg?", überlegte

Penny laut.

"Richtig."

"Und Sie sind am Weg niemandem begegnet, sagen Sie. Haben Sie jemand in den Abteilen gesehen? Standen Türen offen?"

"Ich habe nicht darauf geachtet", sagte Schneiders. "Ich ging auf schnellstem Weg zu Ihnen."

"Okay", sagte Penny. "Danke."

Die Assistentin nickte, ging die paar Schritte zum Sofa hinüber und ließ sich neben Madeleines Schwiegertochter nieder, die jetzt den Kopf in den Händen vergraben hatte, ansonsten aber reglos da saß.

Der Arzt bot Schneiders ebenfalls ein Beruhigungsmittel an, das sie jedoch mit einer raschen Handbewegung ablehnte.

"Ich werde kurz nach den anderen sehen", verkündete Penny. "Ich bin gleich zurück. Okay?"

"In Ordnung", sagte Dr. Stiller. Er schien sich jetzt wieder gut unter Kontrolle zu haben, aber dennoch froh zu sein, dass Penny die Führung übernommen hatte.

14.

3.28 Uhr

Penny verließ das Abteil der toten Matriarchin und lief den Gang entlang. Sie beschloss, die Mitglieder der Familie zu bitten, erst einmal in ihren Kabinen zu bleiben. Es war keine gute Idee, noch mehr Leute in Madeleines Abteil – am Tatort – herumtrampeln zu lassen.

Observieren, Penny!, ermahnte sie sich. Sie hatte es jetzt eindeutig mit einem Mordfall zu tun. Jedes noch so kleine Detail konnte da wichtig sein. Jede Spur. Jeder Hinweis. Es galt jetzt, so aufmerksam wie möglich zu beobachten.

Sie wünschte sich – nicht zum ersten Mal in dieser Nacht – schon wesentlich weiter mit ihrer Ausbildung gekommen zu sein. Dann wäre sie besser gerüstet gewesen in der jetzigen Lage. So hingegen blieb ihr nichts anderes übrig, als sich auf ihre Instinkte zu verlassen, und auf das bisschen Wissen, das sie sich aus Büchern angeeignet hatte.

Der Gang lag verlassen da. Die erste Kabinentüre, die sie passierte, war verschlossen. Was nicht weiter überraschte, denn dieses Abteil gehörte Schneiders, die direkt neben ihrer Chefin untergebracht war.

Die nächste Abteiltür hingegen stand einen Spalt weit offen. Penny hielt inne und spähte hinein. Soweit sie sehen konnte, war die Suite leer. Hier hatten Martin und Erika Salmann für die Fahrt Quartier bezogen – das wusste sie seit der großangelegten Suchaktion nach der Spinne. Wo Erika jetzt steckte, wusste Penny ebenfalls, wo aber war Martin abgeblieben?

Sie lief weiter, durchquerte die Schleuse zum nächsten Waggon, ihrem eigenen. Das erste Abteil hier hatte Jacques Salmann gehört. Der jetzt tot in Pennys eigener Suite lag. Und auch hier war die Tür nur angelehnt. Vorsichtig öffnete sie sie ein Stück weit und schielte in den Raum.

Auf dem Sofa saß Louise – fast wie ein Zwillingsbild von Erika ein paar Kabinen weiter. Auch sie hatte den Kopf in den Händen vergraben und schien Penny nicht zu bemerken.

Penny klopfte vorsichtig gegen die bereits offene Tür, um sich bemerkbar zu machen.

Louise schreckte hoch, entspannte sich jedoch sogleich wieder, als sie Penny erblickte. Sie zog ihre Schultern hoch, die mit einem Mal nicht mehr wohlproportioniert schmal, sondern regelrecht knöchern wirkten. Fast als habe sie mit dem Verlust ihres Verlobten auch ein paar Kilo an Gewicht eingebüßt.

"Ich habe nichts gefunden", sagte sie. "Keine Spinne weit und breit. Noch nicht einmal eine Stubenfliege." Ihre Stimme klang rau und spröde.

"Ist gut", erwiderte Penny. "Bleiben Sie bitte in Ihrer Kabine, bis ich Sie hole, okay? Ruhen Sie sich doch ein wenig aus." Sie deutete mit dem Kopf in Richtung Bett.

Louise nickte, bewegte sich jedoch nicht vom Fleck.

Penny schloss die Tür des Abteils und lief weiter. Die letzte Kabine vor der ihrigen gehörte Xavier Salmann. Die Türe dieses Abteils stand sperrangelweit offen, und Martin Salmann war gerade damit beschäftigt, auf Knien das Bett zu umrunden und den schmalen Spalt darunter abzusuchen.

Vermutlich noch immer auf der Jagd nach der Spinne.

Er blickte kurz zu Penny hoch, widmete sich dann jedoch gleich wieder dem Fußboden.

Unter den Queen Size Betten in den Abteilen war höchstens eine Handbreit Platz. Aber das war mehr als genug für eine Spinne, selbst wenn sie weit größer war, als der Arzt angenommen hatte. Penny hatte auch bereits dieses potenzielle Versteck in ihrem Abteil abgesucht – mithilfe der Taschenlampe, die in ihrem Smartphone eingebaut war.

Martin war anscheinend nicht auf diese Idee gekommen. Er starrte ohne Lichtquelle ins Dunkel unter dem Bett.

Sollte sie ihn jetzt gleich über den Tod seiner Mutter informieren? Über den *Mord* an seiner Mutter, um genau zu sein?

Nein, entschied sie. Madeleines ältester Sohn konnte gut selbst der Attentäter gewesen sein. Auch wenn seine Ausstrahlung eher die eines Hilfsbuchhalters als die eines eiskalten Killers war. Man konnte sich in Menschen täuschen, mitunter sogar sehr.

Dr. Stiller war der einzige, der in Pennys Augen über ein hieb- und stichfestes Alibi für den Mord an Madeleine verfügte. Denn er war bei ihr im Abteil gewesen, als das Verbrechen verübt worden war. Alle anderen waren jetzt Verdächtige. Martin, Erika und Louise. Und auch Schneiders! Sie durfte die getreue Assistentin nicht außen vor lassen. Schneiders konnte ihre Chefin hinterrücks ermordet haben, und danach zu Penny gekommen sein, mit der Geschichte, dass Madeleine sie dringend sprechen wolle.

Allerdings hatte die Assistentin kein sichtliches Motiv. Sie war nur eine Angestellte, kein Familienmitglied, und allem Anschein nach hatte sie gern für ihre Chefin gearbeitet. Die

Söhne hingegen hatten ihre Mutter verabscheut – und vice versa. Aber zwei der beiden waren selbst tot. Nur Martin, der Älteste, war noch am Leben.

Von hinten – aus der Richtung des Salons, des Restaurants oder der anderen Passagierwaggons konnte niemand zu Madeleine vorgedrungen sein. Schneiders hätte ihm oder ihr auf dem Weg zu Pennys Abteil begegnen müssen, als Madeleine sie losgeschickt hatte.

Nur eine der Personen, die sich in den vorderen beiden Waggons aufhielten, konnte den kurzen Moment, den Schneiders bei Penny verbracht hatte, dazu genutzt haben, zu Madeleine zu schleichen, sie zu ermorden und rasch wieder in einem der Abteile zu verschwinden. Ein hochriskantes Unterfangen. Schneiders hatte Penny ja zu sich auf den Gang hinaus gebeten und dort mit ihr gesprochen. Um den Doktor nicht mithören zu lassen.

Natürlich hatten sie zu diesem Zeitpunkt beide nicht darauf geachtet, ob weiter vorne im Waggon jemand sein Abteil verließ. Aber trotzdem: der Mörder musste im ersten Wagen auf der Lauer gelegen haben, in der Nähe von Madeleines Kabine, sonst hätten sie ihn doch unweigerlich bemerkt. Oder etwa nicht? Und er hatte blitzschnell zuschlagen müssen, nachdem Schneiders sich entfernt hatte. Das Risiko, dabei entdeckt zu werden, war enorm hoch gewesen.

Aber wir haben ja jemanden entdeckt, der bei Madeleine war, dachte Penny. *Erika.* Sie war aus dem Abteil der Matriarchin gestürmt und Penny praktisch in die Arme gelaufen. War sie die Mörderin – die es nicht geschafft hatte, schnell genug vom Schauplatz ihrer Bluttat zu verschwinden?

Penny trat einen Schritt zu Martin in die Kabine und sprach ihn an. "Es gibt eine neue Entwicklung", sagte sie, bemüht, sich ihre Unsicherheit nicht anmerken zu lassen. "Würden Sie bitte hier in diesem Abteil bleiben, bis ich zurück komme?"

Martin erhob sich und musterte sie argwöhnisch. "Was ist denn los? Haben Sie die Spinne gefunden?"

"Noch nicht", erwiderte Penny. Sie wollte sich jetzt auf keine Diskussion einlassen, sie musste die Zeit nutzen, bis die Polizei eintraf, um den Beamten dann brauchbare Informationen liefern zu können. Wenn sie mithelfen wollte, den Fall zu lösen – wozu sie fest entschlossen war.

"Ich bin bald zurück", sagte sie nur, "bitte verlassen Sie das Abteil nicht." Sie wartete keine weitere Antwort ab, sondern trat zurück auf den Gang hinaus und schloss die Tür hinter sich.

Dann kehrte sie im Laufschritt in Madeleines Abteil zurück und wandte sich dort an Schneiders. Sie forderte die Assistentin auf, in ihre eigene Kabine, gleich nebenan, zurückzukehren und dort zu bleiben.

Schneiders nickte pflichtschuldig. "Kann ich sonst nichts tun?", fragte sie.

"Im Augenblick nicht, danke."

Schneiders verharrte zögernd, dann jedoch nickte sie erneut. "Madame hat Ihnen vertraut", sagte sie. "Sie wollte Sie hinzuziehen, was den Tod ihrer Söhne anbelangte. Sie hielt Sie für eine sehr fähige junge Dame. Das ist mir schon beim Dinner bewusst geworden. Ich habe es noch selten erlebt, dass Madame so spontan ein Jobangebot an jemanden ausgesprochen hat. Und sie war eine hervorragende

Menschenkennerin. Also werde ich Ihnen ebenso vertrauen. Ich hoffe, Sie können der Polizei helfen, denjenigen zu finden, der ihr das angetan hat." Sie starrte mit finsterem Blick auf die Leiche ihrer Arbeitgeberin.

"Danke", sagte Penny nur, obwohl sie nicht leugnen konnte, wie sehr dieses Kompliment sie freute.

Schneiders zog ab und Penny bat nun Erika, ihr zu folgen. "Ich werde Sie in Ihr Abteil zurückbegleiten, okay?", sagte sie. "Legen Sie sich etwas hin, und der Doktor wird dann später noch einmal nach Ihnen sehen."

Sie warf dem Arzt einen Seitenblick zu. Der sah sie nur fragend an, nickte dann aber. "Ja, selbstverständlich. Kein Problem."

Sie verließen alle gemeinsam Madeleines Kabine, Schneiders und Erika verschwanden in ihren Abteilen, dann wandte Penny sich dem Arzt zu. Die beiden standen nun allein am Gang. Wo konnten sie sich ungestört unterhalten? Würden die Zeugen, beziehungsweise Verdächtigen, Pennys Bitte Folge leisten und brav in ihren Abteilen bleiben?

"Lassen Sie uns in die Schleuse zwischen den beiden Waggons gehen", wandte sie sich an den Arzt. "Dort können wir die Türen aller Kabinen im Auge behalten, und wenn wir leise sprechen, sollten wir nicht gehört werden."

Der Arzt legte ihr seine Hand auf den Arm. "Sie machen das sehr gut", sagte er. "Ich finde es bewundernswert, was Sie für einen kühlen Kopf bewahren."

Pennys Kopf fühlte sich alles andere als kühl an. Aber trotzdem: sie war eine angehende Detektivin. Zu diesem Zweck machte sie ihre Ausbildung. Auch wenn sie sich in ihren kühnsten Träumen nicht ausgemalt hätte, einmal den

Schauplatz eines Mordes für die Polizei sichern zu müssen. Aber hier war sie. Dies war ihre Chance und sie war fest entschlossen, keine Fehler zu machen.

Gab es irgendeinen Paragraphen, irgendein Gesetz, das ihr untersagte, diesen Fall zu übernehmen, bis die Polizei eintraf? Wenn, so war es ihr nicht bekannt. Unwissenheit schützte zwar vor Strafe nicht, soviel wusste sie immerhin, aber egal. Sie würde so gute Arbeit leisten, dass die Kriminalbeamten ihr dankbar sein würden, anstatt sie in irgendeiner Form zu belangen.

"Warum haben Sie die beiden Frauen denn einzeln auf ihre Kabinen geschickt?", fragte der Arzt sie, als sie die Schleuse erreicht hatten. "Gemeinsam würden sie bestimmt besser mit der Situation fertig werden, wenn Sie meinen Rat hören möchten."

"Ich will die Zeugen isolieren", erklärte Penny. "Oder die Verdächtigen. Wie man es nimmt."

Das klang sehr fachmännisch, aber so weit, dass sie wirklich wusste, wovon sie da redete, war sie in ihrem Kurs noch lange nicht gekommen. Dass man nach einem Verbrechen die Verdächtigen isolierte, hatte sie in Kriminalromanen aufgeschnappt. Die Polizei sollte, wenn sie endlich eintraf, alle Anwesenden einzeln verhören können, ohne dass sie zuvor die Gelegenheit zur gegenseitigen Absprache hatten.

Der Doktor nickte, wirkte aber nicht vollends überzeugt. "Und was wollen Sie jetzt weiter tun?", fragte er.

15.

3.39 Uhr

Das war eine verdammt gute Frage.

Penny überlegte. "Lassen Sie uns mit Erika Salmann beginnen", sagte sie schließlich. "Sie kam mir aus der Kabine der Ermordeten entgegengestürmt. Scheinbar völlig schockiert, aber das konnte gespielt sein. Sie hat behauptet, Frau Salmann habe sie angerufen. Das müssen wir überprüfen."

"Ich verstehe", sagte der Arzt.

"Halten Sie einen Augenblick hier die Stellung, bitte? Behalten Sie die Abteiltüren im Auge. Ich sehe zu, ob ich Madame Salmanns Mobiltelefon finde. Dann können wir uns ansehen, ob dieser Anruf wirklich stattgefunden hat." Penny huschte davon, zurück in das Abteil der Ermordeten.

Vermutlich werde ich Schneiders brauchen, überlegte sie, während sie den Gang entlang lief. *Die kennt hoffentlich den PIN Code für das Handy ihrer Chefin.*

Doch als sie den Tatort erreichte und dort das Mobiltelefon auf der schmalen Ablage neben dem Sofa fand, stellte sie fest, dass das Gerät ungesichert war. Sehr leichtsinnig, aber hilfreich für sie.

Sie scrollte durch die Anrufliste und stellte fest, dass Erika die Wahrheit gesagt hatte. Kurz vor drei Uhr morgens, nur ein paar Minuten, bevor Madeleine ermordet worden war, hatte die alte Dame eine Mobilnummer gewählt. Gleich darauf war von derselben Nummer zurückgerufen worden, der Anruf war aber unbeantwortet geblieben.

Penny legte das Telefon zurück, lief zwei Türen weiter und streckte den Kopf in das Abteil, in dem sie Erika zuvor zurückgelassen hatte.

Martins Ehefrau saß auf dem Bett und starrte Penny unverwandt an, als diese eintrat.

"Würden Sie mir bitte Ihre Telefonnummer sagen?", fragte Penny geradeheraus. Für lange Erklärungen blieb jetzt keine Zeit.

Erika schien die Frage zum Glück nicht zu überraschen, sie nannte bereitwillig genau jene Nummer, die sich in Madeleines Anrufliste gefunden hatte.

Penny bedankte sich, dann verschwand sie auch schon wieder und lief in die Richtung zurück, aus der sie eben gekommen war. Sie blickte durch die Gangfenster hinaus in die Nacht. Der Bahnsteig, von dem überhaupt nur wenige Meter sichtbar waren, lag unter einer dicken Schneedecke begraben, obwohl er eigentlich überdacht war.

Der Sturm musste diese weißen Massen angeweht haben, und er tobte und heulte unvermindert. Bestand überhaupt eine Chance, dass die örtliche Polizei bald zu ihnen durchkommen würde? Von den Spezialisten der Kriminalpolizei gar nicht zu reden, die noch eine viel weitere Anreise hatten.

Sie kehrte zu Dr. Stiller in die Schleuse zurück. "Das mit dem Anruf ist korrekt", erklärte sie ihm.

Er nickte wortlos. "Was denken Sie, warum Madeleine ihre Schwiegertochter sprechen wollte?", fragte er dann.

"Sie könnte gedacht haben, dass sie etwas mit dem Tod von Jacques und Xavier zu tun hatte", erwiderte Penny. "Das wäre das Naheliegendste."

"Sie glauben, dass sie Erika konfrontieren wollte?"

"Möglich. Und als die den Anruf nicht entgegennahm, schickte Madeleine ihre Assistentin zu mir, um ihren Verdacht mit mir zu besprechen. Während Erika die Gelegenheit nutzte, sich in Madeleines Abteil zu schleichen, und diese für immer zum Schweigen zu bringen."

Der Doktor zog die Augenbrauen hoch. "Aber das ist doch verrückt", rief er.

"Natürlich ist es das, Doktor. Mir ist völlig klar, wie weit hergeholt das alles klingt. Aber dennoch: Unser Mörder kann nur eine dieser vier Personen sein: Erika, Martin, Louise oder Schneiders. Mit dieser Vorstellung müssen wir uns wohl oder übel anfreunden."

Der Arzt schüttelte ungläubig den Kopf. "Unfassbar", flüsterte er und rieb sich dabei seine Glatze.

"Das mit dem Messer will mir nicht in den Kopf", fuhr Penny fort. "Ich meine, wenn Erika – oder sonst jemand – sich spontan dazu entschloss, Madeleine zum Schweigen zu bringen, da hatte sie doch weder Zeit noch Gelegenheit, erst noch in den Restaurantwagen zu laufen und dort ein Messer mitgehen zu lassen."

"Sie kann es doch bereits beim Dinner mitgenommen haben?", erwiderte der Arzt.

"Aber da wusste sie doch noch gar nicht, dass sie es später brauchen würde. Die beiden anderen Morde wurden ja mithilfe der Giftspinne begangen. Das war die bevorzugte Waffe unserer Mörderin. Oder unseres Mörders. Wozu also ein Messer mitgehen lassen?"

Der Arzt sog hörbar die Luft ein. "Die beiden anderen Morde? Aber ich habe Ihnen doch schon gesagt, dass das unmöglich ist! Man kann einen Mord nicht per Giftspinne begehen, darauf gebe ich Ihnen mein Wort! Jedenfalls nicht so, wie es sich bei Xavier Ihrer Schilderung nach abgespielt hat. Er war ja ganz allein mit Ihnen."

"Madeleine hat aber genau diesen Verdacht gegenüber Schneiders geäußert", beharrte Penny. "Deswegen wollte sie mich sprechen. Weil sie davon ausging, dass der Tod ihrer Söhne kein Unfall gewesen war. Und sie *muss* mit ihrer Befürchtung richtig gelegen haben. Sonst wäre sie doch nicht ermordet worden, oder? Sie muss etwas gesehen oder gehört haben, und der Mörder hat das mitgekriegt. Er – oder sie – nutzte die erste Chance, als Schneiders die Kabine verließ. Er handelte sofort, unter höchstem Risiko, um Madeleine mundtot zu machen. Wir können uns also sicher sein, dass der Tod der beiden Brüder kein tragischer Unfall war. Das müssen wir als Fakt hinnehmen, so unglaublich es klingen mag."

"Ich verstehe, was Sie meinen", sagte Dr. Stiller. "Aber dennoch, ein Attentat mit einer abgerichteten Spinne? Wie um alles in der Welt stellen Sie sich das denn vor? Abgesehen davon, dass wir keine Spur von dem Tier gefunden haben."

"Ich habe keine Ahnung", sagte Penny. "Vielleicht wurden die Zielpersonen unauffällig mit irgendeinem Lockstoff kontaminiert? Und die Spinne musste dann bloß in ihrer Nähe freigelassen werden? Nach getaner Tat kehrte sie dann wieder zu ihrem Herrchen zurück, und der ließ sie verschwinden. In der Toilette. Das hatten wir ja schon."

Das Szenario, das sie sich da ausmalte, klang wie aus einem James Bond Film. So viel musste Penny sich eingestehen.

Hatte sie sich in etwas verrannt? Waren Jacques und

Xavier doch nur beliebige Opfer gewesen, die einfach Pech gehabt hatten, dass sich das Gifttier ausgerechnet sie auserkoren hatte? Vielleicht hatte der Mörder das Tier einfach im Zug freigelassen und darauf vertraut, dass es sich selbst ein Opfer suchen würde?

Aber zu welchem Zweck? Man tötete doch nicht einfach wahllos Menschen. Ging es bei den Anschlägen darum, Madeleine und dem Image ihrer Zuglinie zu schaden? War unter den vier möglichen Verdächtigen ein Wahnsinniger, der nichts weiter wollte, als maximales Chaos anzurichten? Nur, weil er Madeleine hasste?

Das klang nicht weniger verrückt als das Szenario mit der abgerichteten Killer-Spinne, musste Penny sich eingestehen. Denn in diesem Fall hätte es jeden treffen können. Wenn der Attentäter sich nicht vorsah, am Ende sogar ihn selbst. Nein, das war ausgemachter Blödsinn. Sie drehte sich im Kreis mit ihren haarsträubenden Theorien.

Das vermaledeite Steakmesser, mit dem Madeleine getötet worden war, quälte sie besonders. Wenn man davon ausging, dass der Mörder die Spinne tatsächlich unter seiner Kontrolle hatte, warum um alles in der Welt hatte er dann im Fall von Madeleine zu einer neuen Waffe gegriffen? Warum hatte er sein Killergeschöpf nicht einfach ein drittes Mal zum Einsatz gebracht?

Mit dem Messerattentat hatte der Täter sich selbst entlarvt. Er hatte damit einen Riesen-Fehler begangen. Vor Madeleines Erdolchung hatte niemand auch nur vermutet, dass Xavier oder Jacques Opfer eines Mörders geworden sein könnten. Aus welchem Grund zog jemand mit einer so offensichtlichen Bluttat wie einer Messerattacke die

Aufmerksamkeit der Kriminalpolizei auf sich, wenn er mit rätselhaften, aber nicht näher aufklärbaren Spinnenbissen davon gekommen wäre? Das war die große Frage. Auf die Penny keine Antwort wusste, so sehr sie sich auch das Gehirn zermarterte.

Und schließlich war da auch noch die Frage nach dem Motiv, die ebenso rätselhaft blieb. *Warum* hatten Xavier und Jacques sterben müssen, wenn sie denn tatsächlich gezielte Opfer gewesen waren? Welchen Grund sollte beispielweise Erika haben, die beiden Brüder ihres Gatten zu töten?

Gut, die drei Männer waren keine Freunde gewesen, aber das war doch wohl kaum ein ausreichender Grund, gleich jemanden zu ermorden. Hatte Erika gemeinsam mit ihrem Mann ein Komplott gegen Jacques und Xavier ausgeheckt? Mithilfe dressierter Spinnen? So viel Kreativität traute Penny keinem der beiden zu. Aber das konnte täuschen. Hass beflügelte die Fantasie vermutlich ebenso sehr wie die ganz große Liebe.

Und was war mit Louise? Hatte sie ihren Verlobten beseitigen wollen, den sie doch augenscheinlich so liebte? Samt dessen Bruder? Oder hatte am Ende gar Schneiders etwas gegen die missratenen Sprösslinge ihrer Chefin gehabt? Gegen jene beiden, die nicht in der Firma arbeiteten, wie Martin es tat?

Viel weiter kann man ein Motiv wohl nicht an den Haaren herbeiziehen, sagte sich Penny frustriert.

16.

3.46 Uhr

"Lassen Sie uns die Zeugen befragen", wandte Penny sich an den Arzt. *Seltsam*, dachte sie im gleichen Moment, *dass die Polizei noch immer nicht eingetroffen ist.*

Andererseits war man selbst im 21. Jahrhundert den Naturgewalten unterlegen, wenn sie sich so wie heute Nacht gebärdeten. Vermutlich steckten die Beamten, die Dr. Stiller verständigt hatte, mit ihrem Einsatzfahrzeug ebenso fest wie jeder zivile Autofahrer, der sich in den wütenden Schneesturm da draußen verirrt hatte.

"Die Verdächtigen, wollen Sie sagen?", gab der Arzt grimmig zurück.

Penny nickte. Wie unterschiedlich doch die Menschen waren, dachte sie. Dieser Mann brannte nicht wie sie darauf, möglichst viel Licht in diesen Mordfall zu bringen, in den sie beide wider ihren Willen hineingestolpert waren. Man konnte Dr. Stiller ansehen, dass er zwar seine ärztlichen Pflichten sehr ernst nahm, aber ansonsten so rasch wie nur irgend möglich aus diesem Zug verschwinden wollte.

Sie hingegen ... ja, was genau wollte sie? Einerseits konnte sie nicht leugnen, dass sie Angst verspürte, aber dennoch war da noch etwas anderes. Etwas, das viel stärker war als jede Furcht. Die Lust an der Jagd, der unstillbare Drang, aufzudecken, was zum Teufel in diesem Zug geschehen war, und der Ehrgeiz, diesen Fall zu lösen, bevor sie ihn an die Polizei abgeben musste.

Bestimmt blieb jetzt nicht mehr viel Zeit, bis die Beamten endlich eintrafen. Und sie musste unbedingt noch zuvor mit den vier Verdächtigen sprechen. Wenigstens kurz.

Vielleicht war es ja lächerlich, in diesem Mordfall unbedingt die Amateurschnüfflerin spielen zu wollen. Es war ein seltsamer, nein, ein bizarrer Fall, bestimmt gute drei Nummern zu groß für sie. *Aber dennoch*, entschied sie, *ich werde es versuchen. Was habe ich schon groß zu verlieren?*

Dein Leben vielleicht?, machte sich eine warnende Stimme in ihrem Hinterkopf bemerkbar. Der Mörder war unter diesen vier Menschen, er verbarg sich gut, hatte aber bewiesen, dass er skrupellos war und jedes Risiko in Kauf nahm, wenn jemand ihm und seinen Plänen in die Quere kam. Madeleine hatte ihren Verdacht bereits mit dem Leben bezahlt. Penny musste aufpassen, dass es ihr nicht ebenso erging.

"Lassen Sie uns mit der Assistentin beginnen", wandte sie sich an Dr. Stiller. "Danach nehmen wir uns die Familie vor."

Der Arzt nickte wortlos, und sie setzten sich gemeinsam in Bewegung.

Christiane Schneiders hatte Pennys Aufforderung Folge geleistet und war in ihrem Abteil geblieben. Sie schien sich inzwischen vollends von dem Schock erholt zu haben, den sie beim Anblick ihrer ermordeten Chefin erlitten hatte. Sie sprach am Mobiltelefon, als Penny und Dr. Stiller das Abteil betraten. Ihre Stimme klang noch ein wenig rau, aber ansonsten hatte sich die Assistentin wohl dem Motto *The Show Must Go On* verschrieben.

Nach dem zu urteilen, was Penny von dem Telefongespräch verstehen konnte, das Schneiders in fließendem Englisch führte, ging es diesmal um einen Rechtsstreit mit irgendeinem chinesischen Lieferanten der Salmann´schen Unternehmensgruppe.

"Wir müssten dringend mit Ihnen reden", warf Penny ein, als Schneiders eben eine Sprechpause eingelegt hatte und nur schweigend ihrem Gesprächspartner lauschte.

Die Assistentin nickte verständnisvoll, versprach dem Anrufer ihn umgehend zurückzurufen und schaltete dann ihr Telefon aus. Ihre Augen wirkten müde, aber dennoch sah sie Penny erwartungsvoll an. "Wie kann ich helfen?", fragte sie pflichtschuldig. "Gibt es etwas Neues?"

"Wir haben nur ein paar Fragen an Sie", erwiderte Penny. "Neue Erkenntnisse gibt es leider noch keine. Und die Polizei ist auch noch nicht eingetroffen."

Schneiders machte eine Handbewegung in Richtung der Fensterscheiben, durch die man kaum etwas erkennen konnte außer einem diffusen, wirbelnden Weiß. "Ein Wunder, wenn da überhaupt jemand durchkommt", sagte sie.

Penny stimmte ihr nickend zu. Dann begann sie ihre Befragung: "Haben Sie irgendeine Idee, ob Madame Salmanns Söhne sich Feinde gemacht hatten? Privat ... oder auch beruflich?"

Die Augen der Assistentin weiteten sich. Anstatt Pennys Frage zu beantworten, sagte sie: "Sie denken also, dass Madame mit ihrem Verdacht recht hatte, ja? Dass es tatsächlich Mord war? Aber wie um alles in der Welt –"

"Ich denke noch gar nichts, Frau Schneiders", unterbrach Penny sie. "Ich versuche lediglich, ein paar Fakten zu sammeln – die ich dann selbstverständlich der Polizei zur Verfügung stellen werde."

Penny kam sich ein wenig komisch dabei vor, so einen

nüchternen Tonfall anzuschlagen. Aber ihr war auch wichtig, dass die supertüchtige Assistentin sie ernst nahm, sie als kompetent ansah. Nur so konnte dieses Gespräch brauchbare Informationen liefern.

Schneiders nickte. "Ja, natürlich. Ich verstehe. Die Antwort lautet: nein. Ich weiß nichts von Feinden, die Jacques oder Xavier sich gemacht hätten. Jedenfalls nicht innerhalb der Familie."

Sie sah Penny aufmerksam von der Seite an. "Davon gehen Sie doch aus, nicht wahr? Dass es jemand aus der Familie getan hat? Aus den hinteren Waggons wäre niemand zu Madame durchgekommen, um sie –" Schneiders zögerte, räusperte sich und sagte dann, mit bemüht fester Stimme: "Um sie zum Schweigen zu bringen."

"Da haben Sie Recht", erwiderte Penny. "Verzeihen Sie, wenn ich das so offen sage, aber ich habe den Eindruck gewonnen, dass innerhalb der Familie gewisse Feindseligkeiten bestanden. Sehe ich das falsch?"

Schneiders verzog den Mund zu einem gequälten Lächeln. "Nein. Das lässt sich wohl nicht leugnen. Madame liebte ihre Söhne, das weiß ich, aber sie war oft sehr ... nun ja, streng mit ihnen. Und sie enttäuschten sie leider auch in vieler Hinsicht."

Penny nickte. Den Eindruck hatte sie selbst gewonnen. Aber Madeleine kam als Mörderin ihrer Söhne nicht in Frage. Sie war jetzt selbst tot und hatte sich das Steakmesser bestimmt nicht mit eigener Hand in den Hals gerammt.

"Ich kann mir einfach nicht vorstellen, dass jemand aus der Familie zu so einem abscheulichen Verbrechen fähig wäre", fuhr die Assistentin fort. "Auch wenn sie einander nicht besonders gut leiden können. Ich kenne sie alle schon sehr lange – mit Ausnahme von Mademoiselle Louise. Sie und Monsieur Jacques verlobten sich erst kürzlich. Aber auch sie ist ganz bestimmt keine Mörderin, dessen bin ich mir sicher."

Penny registrierte aus dem Augenwinkel, wie Dr. Stiller bei diesen Worten heftig nickte. Auch er traute der schönen jungen Frau anscheinend keinen Mord zu.

Ich ja auch nicht, dachte Penny. Aber einer dieser vier Menschen, die alle so harmlos wirkten, musste der Schuldige sein. Oder hatte sie etwas übersehen?

In diesem Augenblick regte sich eine Erinnerung in ihrem Hinterkopf. Es war nur eine Kleinigkeit, die ihr beim Dinner aufgefallen war: Der seltsame Blick, den Schneiders Erika Salmann zugeworfen hatte. Der Hauptverdächtigen, so wie die Dinge im Moment standen.

Penny sprach die Assistentin darauf an. "Was haben Sie gesehen, dass Ihnen so ungewöhnlich erschien?", fragte sie.

Schneiders zögerte einen Augenblick. "Ach, bestimmt hat das nichts zu bedeuten."

"Das kann man nie wissen", erwiderte Penny. "Je mehr Sie mir sagen, desto besser." Sie schenkte der Sekretärin ein Lächeln, das hoffentlich ermunternd wirkte.

Schneiders lenkte ein. "Wie Sie meinen. Aber es ist wirklich bloß eine Nichtigkeit. Mir fiel nur auf, dass Madame Erika eine Pillenbox in ihrer Handtasche verstaute."

"Daran scheint mir in der Tat nichts Ungewöhnliches zu sein", sagte Penny – bemüht, ihre Enttäuschung zu verbergen. "Heutzutage schluckt doch jeder irgendwelche Pillen, Vitamine etcetera."

Schneiders nickte. "Es ist nur so, dass Madame Erika niemals irgendwelche Tabletten nimmt. Sie hat eine Schluckhemmung oder wie das heißt."

"Sie sind wirklich gut informiert", sagte Penny und überlegte im nächsten Augenblick bereits, was wohl sonst in der Pillendose gewesen sein könnte.

"Ich arbeite, wie gesagt, schon sehr lange für Madame Salmann", antwortete Schneiders. "Und wie Sie sehen, bin ich oft auch bei privaten Reisen dabei. Da war es unumgänglich, auch ihre Familie sehr gut kennenzulernen."

"Wie groß war denn die Pillendose, die Erika in ihrer Handtasche verstaute?", fragte Penny weiter.

"Vielleicht vier mal sechs Zentimeter", schätzte Schneiders, nachdem sie kurz überlegt hatte. Der Blick, den sie Penny zuwarf, wirkte verständnislos. Doch dann weiteten sich plötzlich ihre Augen. "Sie denken doch nicht, dass –", begann sie, brach dann aber jäh ab.

Die Assistentin war wirklich schnell von Begriff. Natürlich dachte Penny genau das: *Eine solche Dose ist vielleicht das ideale Behältnis, um unauffällig eine Spinne darin zu transportieren.* Der Arzt hatte behauptet, es müsse sich um ein kleineres Tier handeln, weil die großen Vertreter der Spinnenfamilie nicht giftig genug waren.

Im Kopf der Assistentin schien es zu arbeiten. Da war noch mehr, eine Erkenntnis, die Schneiders nicht aussprach, die sie aber zutiefst zu beunruhigen schien. Penny konnte es förmlich sehen. "Was haben Sie, Schneiders?", fragte sie, ohne zu zögern. "Sie wissen, dass ich nur helfen will. Und dass ich alles, was Sie mir mitteilen, vertraulich behandeln werde."

Die Assistentin nickte, sagte aber nichts. Penny ließ ihr Zeit, und schließlich gab sich Schneiders einen sichtlichen Ruck. "Mir ist eingefallen, dass es da einmal einen Vorfall gab", sagte sie zögerlich. "Ich weiß nichts Genaues, Madame Salmann hat nur Andeutungen gemacht."

"Ja?", ermunterte Penny sie.

"Es ging um einen Todesfall ... durch Spinnengift. Soweit ich verstanden habe, liegt die Angelegenheit lange zurück."

"Ein Todesfall?", wiederholte Penny ungläubig. "Im näheren Umfeld von Madeleine?"

Schneiders schüttelte den Kopf. "Nein. Es betraf nicht sie selbst, sondern Madame Erika. Aber, wie gesagt, mit den näheren Details bin ich nicht vertraut."

Eine plötzliche Stille breitete sich im Abteil aus. Es war, als hätte die Assistentin soeben eine Bombe platzen lassen.

Erika Salmann hatte eine Vorgeschichte mit Spinnen? Eine mit tödlichem Ausgang? Das konnte doch unmöglich ein Zufall sein! Pennys Gedanken überschlugen sich förmlich.

Dr. Stiller schien an ihrem Gesicht ablesen zu können, was ihr durch den Kopf ging. "Vielleicht sollten wir uns als nächstes mit Erika unterhalten?", schlug er vor.

"Ja", sagte Penny. "Das sollten wir unbedingt."

17.

4.01 Uhr

Als sie auf den Gang hinaustraten, kam ihnen eine Gestalt entgegen, die auf den ersten Blick wie ein Geist anmutete. Sie trug ein langes fließendes Gewand, hatte wirres Haar und blickte Penny und den Arzt aus leeren Augen an.

Auf den zweiten Blick handelte es sich bei dem Gewand bloß um ein bodenlanges Nachthemd und bei dem Geist um Louise. Sie schwankte leicht und stützte sich am Handlauf des Gangs ab, als wäre der Zug noch in Bewegung. Als fahre er gerade mit hoher Geschwindigkeit durch eine Kurve. Hatte die junge Frau getrunken?

"Oh, Sie sind es", hauchte Louise, als Penny sich ihr in den Weg stellte. "Wo sind denn alle? Es ist so still hier."

Der Arzt trat vor, fasste sie sanft am Ellenbogen und schob sie behutsam vor sich her. "Kommen Sie", sagte er, "wir bringen Sie in Ihr Abteil zurück. Dort haben Sie es bequemer."

"Aber ich wollte zu Madeleine", protestiere Louise. "Sie braucht mich bestimmt, ich muss ihr beistehen in dieser schweren Stunde. Jetzt wo Jacques nicht mehr bei uns ist." Sie sprach den Namen ihres verstorbenen Verlobten aus wie den eines Heiligen.

Penny warf dem Arzt einen fragenden Blick zu. *Sollen wir es ihr sagen? Dass Madeleine tot ist?*

Der Arzt schüttelte kaum merklich den Kopf, und Penny konnte es ihm nicht verdenken. Die junge Frau stand ganz eindeutig unter Schock. Nach dem Verlust ihres Verlobten auch noch zu erfahren, dass Madeleine ermordet worden war, wäre bestimmt zu viel für sie gewesen. Die Wahrheit, in ihrem ganzen schrecklichen Ausmaß, konnte warten, bis die Polizei eintraf.

Dr. Stiller führte die junge Frau durch die Schleuse zwischen den Waggons und dann in ihr Abteil zurück. Penny folgte den beiden.

Ohne Widerstand zu leisten, ließ Louise sich zum Sofa geleiten, wo der Arzt sie vorsichtig in die weichen Polster drückte. Sie hob den Kopf, und Penny konnte sehen, dass ihr Tränen in den Augenwinkel standen. "Xavier", begann sie mit tonloser Stimme, "er war ... kein netter Mensch. Aber Jacques? Ein Engel. Wie konnte ihn dieses Unglück treffen? Es ist so ungerecht."

Penny erwiderte nichts. Auch darüber, dass die beiden Todesfälle der Söhne keine Unglücksfälle gewesen waren, wie sie anfangs alle angenommen hatten, konnte man Louise zu einem späteren Zeitpunkt informieren.

Nichtsdestotrotz wollte Penny der Frau wenigstens ein paar unverfängliche Fragen stellen. Später würde dazu vielleicht keine Gelegenheit mehr sein. "Inwiefern war Xavier kein netter Mensch?", erkundigte sie sich also, so behutsam wie möglich.

Louise sah sie verständnislos an – als müsse sie sich erst daran erinnern, dass sie selbst diese Behauptung aufgestellt hatte. Erst vor dreißig Sekunden. Doch dann unternahm sie eine sichtliche Anstrengung, sich wieder in den Griff zu bekommen. "Haben Sie es nicht selbst bemerkt?", gab sie zurück. "Seine Einstellung gegenüber Frauen? Er verachtete uns – das ist die Wahrheit. Auch wenn er vorgab, ein Gentleman zu sein. Es war bloß Sport für ihn. Er sah Frauen als Eroberungen, nichts weiter. Als Jagdwild. Er machte sich nichts aus –"

Sie stockte. "Er machte sich nichts aus den Frauen, mit denen er schlief", sagte sie dann. Sie presste ihre vollen, schön geschwungenen Lippen zusammen, bis nur noch eine schmale Linie zu sehen war.

Penny konnte sich des Eindrucks nicht erwehren, dass Louise eigentlich etwas anderes hatte sagen wollen. "Er machte sich nichts aus *mir*." So hätte der Satz wohl ursprünglich lauten sollen.

Das, was Louise über Xavier sagte, deckte sich weitgehend mit Pennys eigener Meinung über den Toten, aber in der Art und Weise, wie sie es sagte, lag so viel Schmerz und Verachtung. Es musste etwas Persönliches sein. Hatte Jacques´ schöne Verlobte nähere Bekanntschaft mit Xavier gemacht? Und wenn ja, wusste ihr Verlobter davon? War hier vielleicht das Motiv für den Mord an den beiden Brüdern zu suchen? Ein Eifersuchtsdrama?

Penny kam ein Gedanke. Was, wenn Jacques die Spinne auf Xavier gehetzt hatte, und dann nur durch einen unglücklichen Zufall selbst zum Opfer seiner achtbeinigen Verbündeten geworden war? Weil es ihm, in Anwesenheit all der Menschen, die sich in Pennys Abteil versammelt hatten, nicht gelungen war, die Spinne unauffällig einzufangen oder unschädlich zu machen?

Möglich war es. Aber wer sollte dann Madeleine getötet haben, nachdem Jacques längst tot war? Und warum?

"Was machen Sie eigentlich beruflich?", wandte sich

Penny erneut an Louise, die jetzt ihre Tränen mit dem Handrücken wegwischte. Es konnte nicht schaden, etwas mehr über diese Frau zu erfahren – auch wenn Penny diesem so liebenswürdigen und jetzt scheinbar völlig aufgelösten Geschöpf kaum einen Mord zutraute. Oder gar drei.

Louise kramte ein stark zerknittertes Taschentuch zwischen den Sofakissen hervor und putzte sich die Nase. "Ich bin Psychologin", sagte sie dann – sehr zu Pennys Erstaunen. "Ich helfe Ex-Häftlingen bei der beruflichen Reintegration."

Das klang nicht gerade nach einem Job, in dem man es sich erlauben konnte, zart besaitet zu sein. Und jetzt dieser Zusammenbruch? Wie passte das zusammen?

Vielleicht hat sie ihren Verlobten einfach über alles geliebt? Und kann seinen Verlust nicht verkraften?, sagte sich Penny. Das war doch immerhin möglich. Auch eine Psychologin konnte in so einer Situation einen schweren Schock erleiden.

"Wie haben Jacques und Sie sich denn ursprünglich kennengelernt?", fragte Penny weiter.

Etwas Merkwürdiges blitzte in Louises Augen auf. Doch im nächsten Moment war es bereits wieder verschwunden, und sie sagte in sachlichem Tonfall: "Ich kannte ursprünglich Xavier. Er hat mich seinem Bruder vorgestellt, weil wir einige gemeinsame Interessen hatten. Klettern, Trekking, Paragleiten. Xavier scherzte, ich wäre die ideale Frau für Jacques ... und er behielt ja so recht damit. Wir wussten gleich, dass wir zusammen gehören, schon bei unserem allerersten Treffen. Für immer", fügte sie kaum hörbar hinzu. Sie schniefte, und erneut traten ihr Tränen in die Augen.

"Hören Sie, Frau Küfer", schaltete Dr. Stiller sich ein und blickte Penny dabei ernst an. "Fräulein Louise braucht jetzt Ruhe. Wir dürfen Sie nicht weiter anstrengen."

"Das ist schon in Ordnung", protestierte Louise schwach, doch Penny nickte dem Arzt zu. Sie mussten ohnedies weiter zu Erika und danach auch noch mit Martin sprechen.

"Was für eine bezaubernde Frau", sagte der Arzt, als er und Penny wieder draußen auf dem Gang standen.

Penny nickte, war aber in Gedanken noch mit Louises Aussage beschäftigt. Die Worte *Psychologin, Ex-Häftlinge, Klettern* und *Paragleiten* spukten ihr im Kopf herum.

"Entschuldigung", fügte der Arzt hinzu. "Es ist wohl ziemlich unpassend, so etwas zu registrieren ... bei einer Verdächtigen. Nicht wahr?"

Penny zog eine Schulter hoch. "Sie haben ja Recht. Sie ist wunderhübsch. Es könnte einen glatt der Neid fressen. Und ich kann mir sie beim besten Willen nicht als skrupellose Mörderin vorstellen. Außerdem hat sie auch noch eine sehr gewinnende Art, muss ich sagen. Ich glaube, dass sie damit selbst Madeleines Herz eroberte."

"Das im Allgemeinen nicht sehr aufgeschlossen für Eroberungen war", sagte der Arzt.

Penny warf ihm einen interessierten Blick zu. "Kannten Sie sie denn gut? Madame Salmann?"

"Was heißt schon gut?", erwiderte Dr. Stiller. "Ich habe sie in den Wintermonaten regelmäßig behandelt. Sie kam sehr gern zu uns nach St. Anton."

Penny trat ans Fenster und spähte in die Schneewüste, in die der Bahnhof sich verwandelt hatte. *Wir sind hier eingeschlossen*, ging es ihr durch den Kopf. *Vollkommen isoliert.*

Mit einem Mörder, der zu allem bereit ist.

Ruckartig wandte sie sich zu Dr. Stiller um. "Sie wirkt so harmlos, nicht wahr? Louise, meine ich. Als könne sie kein Wässerchen trüben. Und als wäre sie jetzt, wo ihr Verlobter tot ist, vollkommen hilflos und verloren."

Der Arzt nickte. "Das ist wahr. Ich kann nicht leugnen, dass sie ... nun ja, einen gewissen Beschützerinstinkt in mir weckt."

"In mir auch", sagte Penny. "Aber finden Sie das nicht eigenartig? Sie hat keine Scheu vor gefährlichen Sportarten, hat ein Psychologiestudium absolviert und arbeitet mit Ex-Häftlingen. Sie müsste doch ziemlich abgebrüht sein, oder nicht? Was, wenn sie uns nur etwas vorspielt?"

"Sie denken doch nicht etwa –" Der Doktor ließ den Satz unvollendet in der Luft hängen und schüttelte heftig den Kopf.

"– dass Sie unsere Mörderin ist?", ergänzte Penny ihn. "Nein, ich kann es mir nicht vorstellen, das sagte ich ja schon. Aber gerade deswegen sollten wir es nicht ausschließen."

"Ich fürchte, ich verstehe nicht."

"Sie ist Psychologin, hat sie gesagt. Das heißt doch wohl, dass sie gut darin ist, Menschen zu lesen. Und bei Bedarf zu manipulieren? Nicht wahr? Sie ist bestimmt in der Lage, sich bewusst so zu verhalten, dass wir sie für einen Unschuldsengel halten, der über jeden Verdacht erhaben ist. Und wenn sie mit Ex-Häftlingen zu tun hat, hat sie von denen womöglich das eine oder andere gelernt."

"Über *Mord,* meinen Sie?", fragte der Doktor, sichtlich empört.

Penny nickte. "Außerdem ist jemand, der sich an Sportarten wie Paragleiten heranwagt, dazu bereit, ein Risiko einzugehen. Was auf unseren Mörder zutreffen muss. Madame Salmann zu erstechen, war ein gewaltiges Risiko. Die Tat wurde in einem extrem engen Zeitfenster verübt, und der Mörder konnte nicht ausschließen, auf dem Weg zu Madeleines Abteil – oder auf dem Rückweg nach dem Mord – von jemandem beobachtet zu werden."

"Ich sehe, was Sie meinen", sagte der Arzt, noch immer in hitzigem Tonfall. "Nichtsdestotrotz, ich lege meine Hand dafür ins Feuer, dass Louise nicht unsere Mörderin ist!"

"Na, dann hoffen wir mal, dass Sie sich nicht verbrennen, Herr Doktor."

18.

4.17 Uhr

Im Vergleich zu Louise wirkte Erika geradezu gelassen. Sie schien sich nach den Vorfällen der Nacht bemerkenswert schnell wieder gefasst zu haben.

Als Penny und Dr. Stiller ihr Abteil betraten, stand sie am Fenster und starrte gegen die Betonwand, die Tausende Tonnen Fels davon abhielt, die Bahnstation von St. Anton unter sich zu begraben. Heute Nacht jedoch schien der Schnee dem Fels Konkurrenz machen zu wollen. Wenn es weiter so schneite, würde am Ende der ganze Zug unter den weißen Massen verschwinden.

Penny beschloss, gleich zur Sache zu kommen. Vielleicht konnte sie Madeleines Schwiegertochter ja mit einer ganz direkten Frage aus der Reserve locken. "Kennen Sie sich eigentlich mit Spinnen aus, Frau Salmann?", begann sie, sah dabei ihre Gesprächspartnerin aufmerksam an und wartete begierig auf deren Reaktion.

Erika verzog angewidert das Gesicht. "Ich hasse Spinnen", rief sie. "Ich habe eine regelrechte Phobie vor diesen Biestern!"

Sie trat einen Schritt auf Penny zu. "Warum fragen Sie mich das? Haben Sie die Spinne gefunden? Sie denken doch wohl nicht, dass ich sie an Bord gebracht habe?"

Als Penny nicht gleich eine Antwort gab, fügte sie erbost hinzu: "Das kann doch wohl nicht Ihr Ernst sein? Warum in Gottes Namen sollte ich meine Familie ermorden wollen?"

"Sagen Sie es mir", gab Penny zurück. Die Strategie mit der Provokation und dem aus der Reserve locken ließ sich recht vielversprechend an.

Erika schnaubte. "Ehrlich gesagt ist es mir egal, was Sie denken. Ich bin Ihnen keine Rechenschaft schuldig, auch wenn Sie glauben, sich hier als Polizistin und Richterin in einer Person aufspielen zu können."

"Ihre Schwiegermutter hat mich beauftragt, den Fall zu untersuchen, kurz vor ihrem Tod. Das wissen Sie, nicht wahr? Ich versuche nur zu helfen. Ihnen ist doch bestimmt auch daran gelegen, die Morde aufzuklären, oder nicht?"

"Natürlich! Aber wenn Sie in mir die Mörderin sehen wollen, so verschwenden Sie nur Ihre Zeit."

Penny nickte, zwang sich zu einem Lächeln, ging dann jedoch erneut zum Angriff über. "Wären Sie so nett, mir Ihre Pillendose zu zeigen, Frau Salmann?"

Erika sah sie verständnislos an. "So etwas besitze ich nicht. Ich kann keine Pillen schlucken."

"Ich habe beim Dinner zufällig gesehen, wie Sie eine solche Dose in Ihrer Handtasche verstauten", erwiderte Penny.

Das war zwar gelogen, denn nicht sie selbst, sondern Schneiders hatte diese Beobachtung gemacht. Aber okay. Der Zweck heiligte die Mittel. Zeugenaussagen preiszugeben, war keine gute Idee, so viel sagte einem der Hausverstand. Dafür musste man kein ausgebildeter Detektiv sein.

"Sie irren sich", gab Erika in schneidendem Tonfall zurück.

Penny blieb hartnäckig. "Würde es Ihnen etwas ausmachen, wenn ich einen Blick in Ihre Handtasche werfe?", fragte sie. Diesmal versuchte sie erst gar nicht, ein Lächeln aufzusetzen. Was Heuchelei anbelangte, war sie schon immer verdammt schlecht gewesen.

"Und ob es mir etwas ausmacht", sagte Erika. "Ich werde bestimmt nicht mein Eigentum von Ihnen durchwühlen lassen!" Sie verschränkte die Arme vor der Brust und starrte Penny herausfordernd an.

"Meine Damen", schaltete sich Dr. Stiller ein. "Wir arbeiten hier doch zusammen, nicht wahr?"

Er schien keinerlei Probleme damit zu haben, ein freundliches Lächeln aufzusetzen. Eines, das verdammt authentisch wirkte. Doch noch während er sprach, trat er an den Schreibtisch heran, wo eine ziemlich geräumige Handtasche aus burgunderrotem Leder stand.

Kurzerhand ergriff er die Tasche und kippte ihren Inhalt auf den Schreibtisch.

Erika entfuhr ein erboster Laut, der an das Zischen einer Kobra erinnerte. "Was erlauben Sie sich!", fuhr sie den Arzt an, doch der legte eine Behändigkeit und Kühnheit an den Tag, die Penny ihm niemals zugetraut hätte. Mit ein paar raschen Handgriffen durchforstete er Erikas Habseligkeiten, und im nächsten Augenblick hielt er das Corpus delicti bereits triumphierend zwischen seinen Fingern – eine Pillendose aus weißem Kunststoff.

"Das gehört mir nicht", protestierte Erika. "Das haben Sie mir untergeschoben, geben Sie es zu!" Sie stürmte dem Arzt entgegen und wollte ihm die Dose entreißen.

Er jedoch gab den kleinen Behälter rasch an Penny weiter.

Reflexartig griff sie danach. *Ganz toll*, dachte sie noch im gleichen Moment, *so produzieren wir jede Menge falscher Fingerabdrücke auf diesem Beweisstück*. Aber immerhin hatte sie Erika bei einer Lüge erwischt. Einer ziemlich dreisten obendrein.

Warum aber dieses Theater wegen einer Pillendose? Erika hätte doch einfach zugeben können, dass sie eine besaß? Das war ja noch lange kein Beweis dafür, dass sie den kleinen Behälter zum Spinnentransport zweckentfremdet hatte. Sie hätte einfach behaupten können, dass ihre Schluckhemmung der Vergangenheit angehörte, und dass sie während des Dinners eine Kopfschmerztablette oder etwas Ähnliches eingenommen hatte.

Penny besah sich die kleine weiße Plastikdose, die der Arzt ihr zugespielt hatte, während er mit Erika eine hitzige Diskussion führte. Dankenswerterweise stellte er sich dabei der inzwischen sehr wütenden Frau in den Weg, und hielt sie damit auf Abstand.

Im nächsten Augenblick wurde Penny klar, warum Erika die Dose auf gar keinen Fall hatte preisgeben wollen. Der kleine Plastikbehälter war nicht nur völlig leer, er hatte auch noch ein winziges Loch!

Penny entdeckte es in einer der Ecken der Dose. Es war so klein, dass man schon sehr genau hinsehen musste, um es nicht zu übersehen, und es wirkte darüber hinaus, als habe jemand große Mühe darauf verwandt, es fein säuberlich zu bohren.

Atemluft für die Spinne, war alles, was Penny denken konnte. Als sie ihre Stimme erhob und die beiden Streithähne auf das Loch aufmerksam machte, verstummten beide auf einen Schlag. Im Gesicht des Doktors konnte sie ein klares Echo ihrer eigenen Gedanken lesen. In dieser Dose war die Spinne transportiert worden!

Und die Dose hatte sich in Erikas Handtasche befunden.

Die diese um keinen Preis hatte vorzeigen wollen. Wenn das kein schwerwiegender Beweis war! Endlich ein Fortschritt!

Aber dennoch, war es nicht unglaublich dumm, ein solch belastendes Beweisstück bei sich zu behalten? Und Erika Salmann mochte alles Mögliche sein, aber eine dumme Person war sie nicht. Die Polizei würde ihr vermutlich glauben, wenn sie behauptete, dass ihr die Dose untergeschoben worden war.

War genau das ihre Strategie? War es nicht der beste Beweis der Unschuld, sich selbst auffällig belastende Beweismittel unterzuschieben, die man leicht hätte loswerden können? Hatte Erika die Dose behalten - nicht weil sie dumm war, sondern aus diesem sehr intelligenten Kalkül heraus?

Pennys Euphorie angesichts des neuen Beweisstücks verebbte mit einem Schlag. War der Fund der Pillendose nicht der Durchbruch, den sie sich schon seit Stunden erhoffte? War sie bloß genau in die Falle getappt, die eine perfide Mörderin - Erika - für sie ausgelegt hatte? War sie lediglich auf das gestoßen, was sie finden hatte sollen? Oder dachte sie zu kompliziert, und Erika war am Ende doch schuldig?

Penny stöhnte innerlich auf. Dann stellte sie dem Arzt eine direkte Frage, ohne auf Erikas Anwesenheit Rücksicht zu nehmen. "Was denken Sie, Doktor, ist diese Dose groß genug, um darin die Art von Giftspinne zu transportieren, mit der wir es vermutlich zu tun haben? Diese Trichternetzspinne, oder wie die heißt?"

Der Arzt nickte, ohne zu zögern. "Bestimmt", bekräftigte er.

19.

4.31 Uhr

"Ihre Mutter ist tot. Sie wurde ermordet", sagte Penny zu Martin Salmann. Es war fast unmenschlich, diese Mitteilung so direkt und brutal zu formulieren, aber sie wollte Martins Reaktion beobachten.

Die Überraschung und der Schock, die sich in seinen Augen widerspiegelten, hätten nicht überzeugender sein können. Wenn Martin seine Mutter getötet hatte, so war er ein begnadeter Schauspieler.

Aber zeichneten sich Psychopathen nicht genau dadurch aus? Dass sie sich perfekt verstellen konnten und oft jahrzehntelang von ihrer Umgebung als harmlose Durchschnittsbürger oder sogar Langeweiler wahrgenommen wurden?

Martin hatte fügsam in seiner Kabine gewartet, wie Penny ihn aufgefordert hatte, und er leistete auch keinen Widerstand, als sie ihn nun bat, ihr ein paar Fragen zu beantworten. Er schien noch damit beschäftigt zu sein, die Ermordung seiner Mutter zu verdauen - gefolgt von der schrecklichen Erkenntnis, dass der Tod seiner Brüder ebenfalls Mord gewesen sein musste.

Es waren mehr Hiobsbotschaften auf einmal, als ein Mensch normalerweise in seinem ganzen Leben erhielt. Drei ermordete Familienmitglieder in einer Nacht ... dafür hielt Martin sich bemerkenswert gut. Glücklicherweise löcherte er Penny nicht mit Fragen zu den Details, sondern saß nur wie gelähmt da.

"Wer könnte etwas gegen Ihre beiden Brüder gehabt haben?", begann sie ihr handgestricktes Verhör. "Wissen Sie von irgendwelchen Feinden?" Penny hielt die Frage bewusst allgemein, obwohl sie eigentlich hätte lauten sollen: *Feinden innerhalb der Familie*. Würde Martin von selbst darauf kommen?

"Feinde?", echote er. "Also Xavier hat sich sicher den einen oder anderen Ehemann zum Feind gemacht, wenn Sie verstehen, was ich meine. Aber ansonsten? Nicht, dass ich wüsste. Und was Jacques anbelangt –"

Seine Stimme erstarb. Er wirkte abgelenkt, als wäre er in seinem Kopf mit einer ganz anderen Frage beschäftigt. Einer weitaus dringenderen. Er starrte an Penny vorbei ins Nirgendwo und kaute auf seiner Unterlippe. Seine Stirn lag in tiefen Falten.

"Möchten Sie uns nicht teilhaben lassen, an Ihren Überlegungen?", fragte Penny aufs Geratewohl.

Martin fuhr zusammen. "Was? Oh, nein, es ist nichts." Er senkte den Blick, sah hinab auf seine Hände, die er im Schoß gefaltet hielt, als wolle er ein Gebet sprechen.

"Sind Sie sich da sicher?", bohrte Penny nach. "Sie wissen ja, wie das ist: Jedes kleine, noch so unbedeutende Detail kann am Ende entscheidend sein. Ihnen ist doch daran gelegen, den Mörder zur Strecke zu bringen, nicht wahr? Er hat Ihre halbe Familie auf dem Gewissen."

"Ja, ja, Sie haben ja recht." Martin blickte zu Dr. Stiller hinüber, der am Schreibtisch Platz genommen hatte und dem Gesprächsverlauf stillschweigend folgte. Dann zog er die Schultern hoch und stöhnte. "Ach, es wird ja doch herauskommen, spätestens bei der Polizei. Vielleicht können Sie mir raten, wie wir damit umgehen sollen. Es ist ja bestimmt nur ein dummer Zufall."

"Erzählen Sie es uns", sagte Penny schlicht.

Martin erhob sich ruckartig vom Sofa, begann damit, im Abteil auf und ab zu gehen, als könne er so besser seine Gedanken sammeln. Dann ließ er sich schwer auf die Bettkante fallen und stöhnte erneut. "Also es geht um Erika, meine Frau. Es ist ewig lange her, aber ... nun, ihr erster Ehemann, sein Name war Pierre, er ... er starb an einem Spinnenbiss. Bei einem gemeinsamen Urlaub in der Toskana. Das war natürlich ein Unfall!", fügte er rasch hinzu. "Erika hatte damit nichts zu tun." So richtig überzeugt klangen seine Worte aber nicht.

Nur ein dummer Zufall? Das glaubte Penny auf gar keinen Fall. Menschen starben nicht alle Tage an Spinnenbissen, schon gar nicht in Mitteleuropa.

"Wer weiß von dieser Geschichte?", fragte sie Martin.

"Niemand", antwortete er nach einer kurzen Pause. "Sie können sich sicher vorstellen, dass Erika das nicht herumerzählt. Es war eine sehr traumatische Erfahrung für sie. Ihren Mann zu verlieren, in so blutjungem Alter und auf so tragische Weise."

"Wirklich niemand?", fragte Penny nach. Martin hatte bei seiner Antwort erst gezögert, dann mit übertriebener Inbrunst gesprochen. Sie konnte sich des Eindrucks nicht erwehren, dass er log.

Martin schüttelte den Kopf, blickte dann aber rasch zur Seite.

Ja, ganz bestimmt. Er lügt. Aber zu welchem Zweck?

"Nicht einmal Ihre Mutter?", bohrte Penny weiter nach.

"Nein", kam es zurück. "Bestimmt nicht."

Penny war nicht überzeugt. Vielleicht hatte Madeleine doch von Erikas Vergangenheit gewusst, auch wenn Martin das nicht eingestehen wollte. Hatte sie deshalb ihre Schwiegertochter verdächtigt?

Vielleicht hatte die alte Dame aus diesem Grund nach Penny geschickt, kurz bevor sie ermordet worden war – weil sie ihr von genau jenem Vorfall aus Erikas Vergangenheit erzählen hatte wollen. Aber sie war von ihrer Schwiegertochter rechtzeitig zum Schweigen gebracht worden.

Aber musste Erika nicht damit rechnen, dass ihre Vergangenheit am Ende doch ans Licht kam? Spätestens, wenn die Polizei ein wenig zu recherchieren begann? Und war es in diesem Fall nicht verrückt, nein, bescheuert, sich erneut einer Giftspinne als Tatwaffe zu bedienen?

Hatte Erika darauf gehofft, dass es wieder als Unfall durchgehen würde, wie schon damals bei ihrem Exmann? Und hieß das, dass sie auch diesen Pierre auf dem Gewissen hatte?

Penny hatte das Gefühl, ihr Kopf könne jeden Augenblick platzen.

Dr. Stillers Mobiltelefon läutete. Er zog es aus der Tasche seines Jacketts und nahm das Gespräch entgegen. Er hörte einen Augenblick zu, nickte dann heftig und sagte. "Ja, sofort." Danach legte er auf.

"Die Polizei ist da", verkündete er. "Ich kümmere mich darum, dass der Inspektor hereingelassen wird." Im nächsten Moment war er bereits aus dem Abteil gehuscht, und Penny blieb allein mit Martin zurück.

Er blickte zu ihr hoch. "Ich sollte den Herrn von der Polizei wohl empfangen, nicht wahr? Ich bin ja jetzt gewissermaßen das Familienoberhaupt." So, wie er bei diesem Vorschlag dreinblickte, graute ihm schon bei dem bloßen Gedanken, dem Inspektor gegenübertreten zu müssen.

Penny nickte. "Sie schaffen das. Ich bleibe an Ihrer Seite und werde dem Polizisten die Ereignisse schildern, wenn Sie möchten."

"Oh ja, danke", sagte Martin. Schwerfällig erhob er sich von der Bettkante und setzte sich in Bewegung.

Wie ein Mann auf dem Weg zu seiner Hinrichtung, ging es Penny durch den Kopf.

20.

4.42 Uhr

Der Polizist, der eben am hinteren Ende des Waggons in den Zug kletterte, als Penny und Martin auf den Gang traten, war allein. Auf den ersten Blick sah er aus wie ein Yeti.

Auf den zweiten war er nur ein sehr großer, schlaksiger junger Mann, der sich eingemummt hatte wie für eine Polarexpedition. Und der von Kopf bis Fuß mit Schnee bedeckt war.

Er schüttelte sich jetzt, entknotete seinen Schal, klopfte seine Jacke ab und war sichtlich verlegen, dass er dabei auf dem makellosen Teppichboden des Okzident Express´ eine ziemliche Sauerei hinterließ.

"Inspektor Jürgen Moser", stellte er sich vor. "Tut mir leid, dass es so lange gedauert hat. Wir – ach, ich erspare Ihnen die ganzen Pannen. Es ging so ziemlich alles schief, was nur irgendwie schief gehen kann!", sagte er voller Inbrunst. Dann zog er seine Handschuhe aus und rieb sich die Hände.

Er reichte zuerst Penny eine halb erfrorene Hand, dann begrüßte er Martin auf die gleiche Weise, während der Arzt, der ihn hereingelassen hatte, bereits wieder in den Hintergrund trat.

Penny musterte den jungen Polizisten. Er konnte allerhöchstens Anfang zwanzig sein, deutlich jünger als sie selbst. "Sie sind allein?", fragte sie ihn.

Inspektor Moser nickte. "Ja. Wie ich schon sagte, totales Chaos heute Nacht. Wir haben zwei vermisste Touristen, unpassierbare Straßen, liegengebliebene LKWs, schwere Unfälle, sogar eines unserer Dienstfahrzeuge –"

Er brach ab und verzog gequält das Gesicht. "Ich musste mich weite Teile der Strecke zu Fuß durchschlagen. Der Verkehr liegt völlig lahm. Am gesamten Arlberg."

"Und die Kollegen von der Kriminalpolizei?", fragte Penny.

Der Inspektor runzelte die Stirn. "Mit denen brauchen Sie vor heute Mittag nicht zu rechnen. Im Moment sind wir so gut wie abgeschnitten von der Außenwelt. Abgesehen davon, dass die Wetterlage in Innsbruck nicht besser sein soll. Sie müssen also fürs erste mit mir vorlieb nehmen, fürchte ich."

Er zog seine dicke, schneeverkrustete Winterjacke aus und ließ sie zu Boden fallen. Darunter kam seine Polizeiuniform zum Vorschein, die ein gutes Bügeleisen vertragen hätte.

Martin trat einen Schritt vor und räusperte sich. "Ich bin der Sohn von Madeleine Salmann. Die –" Er stockte, schluckte schwer. "Die heute Nacht ermordet wurde. Genau wie meine beiden Brüder." Seine Stimme klang zittrig und der kurze Satz hörte sich an, als hätte er ihn zweihundert Mal in Gedanken geübt.

Mit einer Handbewegung in Richtung Penny trat er wieder zurück und überließ ihr die Bühne. "Vor ihrem Tod hat meine Mutter diese junge Detektivin beauftragt, die zufällig an Bord war", sagte er. "Frau Penny Küfer. Mutter bat sie, den Fall zu untersuchen, bis zu Ihrem Eintreffen, Herr Inspektor. Sie kann Ihnen alles berichten, was vorgefallen ist."

"Angehende Detektivin", korrigierte Penny ihn, wobei sie verlegen nuschelte. Sie hoffte inbrünstig, dass der Polizist bei dieser Ankündigung nicht in schallendes Gelächter ausbrechen würde. Oder schlimmeres.

Doch Jürgen Moser nahm die Information scheinbar wie selbstverständlich zur Kenntnis.

Martin warf dem Polizisten einen unterwürfigen Blick zu. "Entschuldigen Sie mich bitte", sagte er. Mit diesen Worten stürzte er davon und verschwand in dem Abteil, in dem Penny ihn im Zuge ihrer Zeugenisolierungsaktion provisorisch untergebracht hatte. Jener Suite, direkt neben ihrer eigenen, die ursprünglich Xavier bewohnt hatte.

Man konnte hören, wie die Tür zum Badezimmer aufgestoßen und wieder zugeknallt wurde. Dann folgten gedämpfte, aber doch unverkennbare Würgegeräusche. Martin, das neue Oberhaupt der Familie Salmann, übergab sich.

"Die Nerven", sagte Dr. Stiller entschuldigend. "Es war für uns alle ein bisschen viel heute Nacht."

Der junge Polizist nickte und schenkte Penny ein gewinnendes Lächeln. "Kann ich mir vorstellen", sagte er. Sein Tiroler Akzent war stark ausgeprägt, seine Stimme klang warm und mitfühlend.

Penny hatte eigentlich damit gerechnet, vom offiziellen Vertreter des Gesetzes eher feindselig begrüßt zu werden. Mit Privatdetektiven hatten so manche Polizisten nicht allzu viel am Hut. Sie wurden oft als lästige Konkurrenz, als Amateur-Schnüffler oder gar als Scharlatane betrachtet, die ihre Nase in Dinge steckten, die man lieber den Profis überließ.

Jürgen Moser jedoch schien keine solchen Vorurteile zu hegen. Penny atmete erleichtert auf. "Möchten Sie vielleicht einen Tee, um sich etwas aufzuwärmen?", bot sie an.

"Oh ja, das wäre wunderbar."

"Ich werde einen für Sie bestellen", sagte Dr. Stiller. "Für Sie beide. Und dann werde ich mich ein wenig um Mademoiselle Louise kümmern, wenn Sie nichts dagegen haben. Sie ist psychisch sehr angeschlagen."

"Selbstverständlich." Der Inspektor nickte.

"Ich zeige Ihnen inzwischen den Tatort, Herr Moser", bot Penny an. "Oder besser gesagt die Tatorte. Fangen wir mit meinem Abteil an. Dort erzähle ich Ihnen dann alles, was ich bisher in Erfahrung bringen konnte. Es gibt einige Spuren, die Sie verfolgen sollten, denke ich."

Sie warf dem Arzt einen Seitenblick zu, der ja bei ihren Befragungen dabei gewesen war. Sie hatte noch keine Gelegenheit gehabt, seine Meinung zu dem Verlauf ihrer amateurhaften Ermittlungen einzuholen. Doch Dr. Stiller hatte sich bereits abgewandt und entfernte sich raschen Schrittes in Richtung Lounge-Wagen.

Penny führte den Inspektor in ihre Kabine. Er war sichtlich erstaunt, in einem Zug solch luxuriöse Suiten vorzufinden, dann wandte er sich jedoch pflichtschuldig den beiden Toten zu. Sowohl Jacques als auch Xavier lagen unverändert an der Stelle, an der sie gestorben waren. Xavier auf Pennys Bett, Jacques auf dem Sofa.

Inspektor Moser besah sich die Leichen nur kurz und aus sicherer Entfernung. "Da müssen die Experten ran", erklärte er Penny.

Sie gewann den Eindruck, dass er noch nicht allzu viele Mordopfer in seiner Laufbahn gesehen hatte. So jung, wie er war, konnte er auch noch nicht allzu lange im Polizeidienst stehen.

Als könne er ihre Gedanken lesen, fragte er sie: "Sie sind also Detektivin, Frau Küfer? Noch in der Ausbildung, haben Sie vorhin erwähnt? Wie weit sind Sie denn?"

Penny wäre am liebsten im Boden versunken. "Noch nicht sehr weit", sagte sie ausweichend. Und konterte rasch mit einer Gegenfrage: "Wie lange sind Sie denn schon bei der Polizei?"

Sie erntete ein schüchternes Lächeln. "Ich habe auch erst vor ein paar Monaten meine Ausbildung abgeschlossen", gestand der Inspektor. "Und ich hatte es noch nie mit Mord zu tun", fügte er nach einer kurzen Pause hinzu. "Ich möchte mich aber gerne später einmal in diese Richtung weiterentwickeln. Eine Karriere im Kriminaldienst, das wäre mein absoluter Traum."

Wieder unterbrach er sich. "Ich weiß aber nicht, ob ich das Zeug dazu habe."

In den Augen des Polizisten leuchtete etwas auf, das wie ein Spiegelbild von Pennys eigenen Gefühlen und Träumen anmutete. Ehrgeiz. Der Wunsch, sich hervorzutun. Gepaart mit Neugier und einer großen Leidenschaft für die Lösung von Rätseln.

"Ich bin mir sicher, dass Sie das Zeug dazu haben", sagte sie beherzt. Der junge Inspektor war ihr sehr sympathisch, musste sie sich eingestehen. So sympathisch, dass man glatt vergessen konnte, dass er Polizist war. Der offizielle Vertreter des Gesetzes an einem Mordschauplatz.

Penny besann sich. War sie hier gerade am Flirten? Lieber Himmel, Sie hatten einen Mord aufzuklären! Drei Morde, um genau zu sein.

Sie räusperte sich. Und wagte einen ungewöhnlichen

Vorstoß. "Der Schneesturm ist unsere Chance, Herr Inspektor", verkündete sie. "Eine, die sich uns sicher nicht so bald wieder bietet. Wenn wir diesen Fall aufklären könnten, bevor Ihre Kollegen von der Kriminalpolizei eintreffen – das wäre doch fantastisch für Ihre Karriereaussichten, oder?"

"Wir?", fragte der Inspektor gedehnt. "Ihnen ist doch bestimmt bekannt, dass ich einen Mordfall nicht mit Ihnen diskutieren darf? Sie sind eine Zivilistin, nichts für ungut, Frau Küfer."

"Ach, bitte, nennen Sie mich doch Penny. Und wollen wir uns nicht duzen? Wir sind ja praktisch im gleichen Alter." Penny ertappte sich dabei, wie sie ihr charmantestes Lächeln aufsetzte und dabei mit den Wimpern klimperte.

Er zögerte einen Augenblick, nickte dann aber. "Einverstanden." Er gab ihr die Hand. "Jürgen. Das ändert aber nichts daran, dass ich mich an die Vorschriften halten muss und nicht mit dir –"

Penny hob abwiegelnd die Hände. "Natürlich. Das verstehe ich voll", fiel sie ihm ins Wort. "Aber das tust du ja gar nicht. Du besprichst den Fall nicht mit mir – sondern ich mit dir! Genau genommen plaudern wir nur darüber. Während wir auf die Profis warten. Oder du nimmst meine Zeugenaussage auf? Was ich gesehen und gehört habe. Das wäre doch erlaubt, oder? Und niemand wird je erfahren, dass wir überhaupt miteinander gesprochen haben, okay?" Noch mehr Wimpernklimpern.

Jürgen Moser kaute auf seiner Unterlippe herum und sah damit gleich noch einmal um fünf Jahre jünger aus. Wie ein Teenager, der fieberhaft überlegte, ob es sich lohnte, eine Dummheit zu begehen.

Dann legte er den Kopf schief und grinste. "Du bist echt eine Type, Penny! Wenn ich das mal so sagen darf. Aber von mir aus, plaudern wir ein bisschen." Er blinzelte sie seinerseits an.

Seine Wimpern waren auch nicht von schlechten Eltern, stellte Penny fest. Dicht und lang – beneidenswert. Aber jetzt war wirklich Schluss mit diesem Flirten! *An die Arbeit Penny! Das ist deine ganz große Chance!*

21.

5.10 Uhr

Bevor Jürgen Moser es sich anders überlegen konnte, begann Penny mit ihren Schilderungen. Vor dem Abteilfenster fiel noch immer der Schnee, als wolle er nie wieder damit aufhören. Aber hier drinnen war es wohlig warm.

Sie gab die Ereignisse der Nacht so gut und so detailgenau wieder, wie sie konnte, schilderte Jürgen die beteiligten Personen, soweit sie diese inzwischen selbst kennengelernt hatte, und betonte, dass der Mörder in den vorderen beiden Waggons zu finden sein musste. "Niemand kann von hinten durchgekommen sein, um Madeleine zu ermorden", bekräftigte sie.

Der Inspektor zog die Augenbrauen hoch. "Also ein Mord innerhalb der Familie? Oder es war die Assistentin?"

"Richtig."

Als nächstes gab Penny dem Inspektor die Inhalte ihrer handgestrickten Verhöre wider. Wobei sie darauf achtete, diese tunlichst nicht so zu nennen. Sie sprach von *Plaudereien*, die sie mit ihren Mitreisenden geführt hatte - so wie sie und Jürgen in diesem Augenblick ja auch bloß am Plaudern waren. Ganz unverbindlich, völlig im Rahmen der geltenden Gesetze.

Na ja ... beinahe. Wenn man beide Augen zudrückte.

Sie gab sich Mühe, die Gespräche so wortgenau wie möglich aus dem Gedächtnis zu rekonstruieren. Was ihr einen bewundernden Blick des Inspektors einbrachte. *Du hast wirklich was drauf*, stand in seinen Augen zu lesen – und Penny hatte das Gefühl, spontan ein paar Zentimeter zu wachsen. Dass der junge Inspektor wahrscheinlich kaum mehr als sie selbst von echter Kriminalistik wusste, störte sie dabei nicht im Geringsten.

"Was denkst du?", fragte sie ihn nach einer kurzen Pause. "Ist das mit Erika Salmann und den Spinnen nur ein dummer Zufall?"

Streng genommen leitete sie mit dieser Frage definitiv eine Diskussion des Mordfalls zwischen einem Polizisten und einer Zivilistin ein, aber Jürgen Moser schien viel zu sehr in seine Gedanken vertieft, um sich daran zu stoßen.

Sie betrachtete ihn aufmerksam, während er vor sich hin grübelte. Ja, eindeutig, er liebte es ebenso sehr wie sie selbst, an diesem Mordfall zu knobeln. Er genoss es in vollen Zügen, den cleveren Schnüffler zu spielen, wie es unter normalen Umständen in der heutigen Welt gar nicht mehr möglich schien.

"Ich kann mir nicht vorstellen, dass das bloß ein Zufall ist", sagte er schließlich. "Andererseits, so wie du mir diese Erika geschildert hast, macht sie keinen dummen Eindruck. Zweimal mit der gleichen Methode morden? Noch dazu mit einer so außergewöhnlichen? Und dann noch die Pillendose in der Tasche behalten?" Er schüttelte den Kopf.

"Dumm ist diese Frau ganz bestimmt nicht", sagte Penny. "Was, wenn sie sogar ziemlich clever ist, und es absichtlich so aussehen lässt, also wolle ihr jemand etwas anhängen? Das ist doch ein super Unschuldsbeweis, oder? Lege so viele deutliche Spuren zu dir selbst, dass jeder glaubt, man will dir etwas anhängen."

Der Inspektor nickte zögerlich. "Dass die Schwiegermutter sie anrief, spricht eindeutig gegen sie", sagte er. "Das sieht für mich so aus, als habe sie Erika unter Verdacht gehabt."

"Schon, aber vielleicht ging es auch um Martin? Und Madeleine wollte mit seiner Ehefrau sprechen, um ihren Verdacht zu bestätigen – oder zu entkräften?"

"Auch möglich", sagte Jürgen. "Hattest du denn den Eindruck, dass Madeleine ein inniges Verhältnis mit ihrer Schwiegertochter verband?"

"Das gerade nicht. Wenn du mich fragst, hatte Madeleine zu niemandem ein inniges Verhältnis. Außer zu ihrem Ehemann. Und der ist ewig tot. Der wurde übrigens auch ermordet, fällt mir ein."

"Was? Wie das denn?"

"Angeblich ein Raubüberfall. Er wurde auf offener Straße erschossen."

"Noch so ein Zufall?", sagte der Inspektor, mehr zu sich selbst als an Penny gerichtet. "Oder könnten die Morde an den beiden Brüdern späte Rache gewesen sein?"

"Du denkst, die beiden hatten etwas mit dem Tod ihres Vaters zu tun?" Das schien Penny dann doch ziemlich weit her geholt. Andererseits ging es ja bei den Morden in diesem Zug um nichts anderes. Es waren Bluttaten innerhalb der Familie. Warum also nicht auch damals?

"Lass uns systematisch vorgehen", sagte Jürgen und sah dabei drein wie ein Bluthund auf heißer Fährte. "Wir haben einen Modus Operandi – wir wissen, wie die Verbrechen begangen wurden. Eines per Steakmesser, die anderen mit Hilfe der Spinne. Auch wenn es mir seltsam vorkommt, dass ihr das Insekt nicht gefunden habt. Ich meine, irgendwo muss es doch sein?"

Penny, die manchmal ein wenig zur Besserwisserei neigte, wollte den Inspektor schon aufklären, dass Spinnen keine Insekten waren – wie sie selbst erst heute Nacht von Dr. Stiller erfahren hatte. Sie unterdrückte den Impuls, mit diesem Wissen zu glänzen, aber gerade noch rechtzeitig.

Bloß nicht das nette Geplauder, das der Inspektor jetzt so bereitwillig mit ihr führte, mit naseweisen Belehrungen unterbrechen! Am Ende erinnerte er sich sonst noch daran, dass er seine Dienstvorschriften verletzte.

"Der Mörder kann die Spinne doch einfach in irgendeine Toilette geworfen haben", sagte sie stattdessen. "Ich bin mir sogar sicher, dass er das getan hat – deswegen musste er dann Madeleine mit dem Steakmesser zum Schweigen bringen."

Jürgen Moser machte ein erstauntes Gesicht. "Ja klar, das wäre eine Möglichkeit. Warum bin ich da nicht selbst drauf gekommen? Die Kollegen von der Kripo werden bestimmt in der Lage sein, die Abwassertanks des Zuges zu untersuchen. Da müsste sich das Insekt ja dann finden lassen."

Penny nickte. "Das sind heutzutage geschlossene Systeme, nehme ich an? Da geht nichts mehr einfach auf die Gleise, so wie früher."

Sie zögerte. "Es ist nur, es ergibt doch eigentlich keinen Sinn ... Der Mörder wäre doch fein raus gewesen, wenn man die Spinne gefunden hätte. Vor dem Mord an Madeleine sind wir alle von einem Unfall ausgegangen. Einem scheußlichen und sehr seltsamen Unfall, aber nie im Leben von einem gezielten Mord. Und mir ist auch nicht klar, wie der Mörder an das Steakmesser kam. Oder besser gesagt, wann. Mit dieser Frage schlage ich mich schon seit Stunden herum, und finde einfach keine Erklärung. Ich meine, er kann das verfluchte Ding allerspätestens während des Dinners oder kurz danach im Restaurant entwendet haben – er kann nicht erst dort hingeschlichen sein, nachdem er erfuhr, dass Madeleine Mord witterte. Da hätte er gesehen werden müssen."

"Das ergibt tatsächlich keinen Sinn", sagte der Inspektor und kratzte sich am Kopf. Er sah sich im Raum um, dann blieb sein Blick an der Fensterscheibe hängen. Er starrte in das fast undurchsichtige Weiß hinaus, während es hinter seiner Stirn sichtbar arbeitete. Er wirkte müde, aber dennoch hochkonzentriert. Fast ein bisschen verbissen.

Penny selbst fühlte sich auch ziemlich erschöpft. Die Nacht war schon beinahe vorüber, aber an Schlaf war trotzdem nicht zu denken. Dafür würde später Zeit sein. Wenn sie den Mörder zur Strecke gebracht hatten. Immerhin trug der Inspektor eine Dienstwaffe an seinem Gürtel, was Penny ein Gefühl der Sicherheit gab. Sie war zwar mit einem Dreifachmörder auf engstem Raum eingesperrt, aber jetzt war sie ihm nicht mehr wehrlos ausgeliefert. Jürgen Moser mochte jung und unerfahren sein, aber er würde im Notfall von seiner Waffe Gebrauch machen. Und damit umgehen können – daran hatte Penny keinen Zweifel.

Der Inspektor wandte sich ihr ruckartig zu. "Kann es nicht sein, dass jemand die Brüder mit Spinnengift getötet hat? Aber ohne Spinne? Dass man das Vieh deswegen nicht gefunden hat, weil der Mörder den Opfern das Gift *injizierte*? Mit einer speziellen Vorrichtung, die die charakteristischen zwei Löcher verursacht? Dass er den Biss einer Spinne nur vorgetäuscht hat?"

Penny schüttelte den Kopf. "Ich sagte dir doch, dass niemand in der Nähe des Opfers war. Also im ersten Fall. Xavier und ich waren allein hier in meinem Abteil. Mir wäre doch bestimmt aufgefallen, wenn sich jemand hereingeschlichen hätte?"

War da Argwohn in den Augen des Inspektors? Er verdächtigte doch hoffentlich nicht sie?

"Vielleicht wart ihr ja ... hm, so beschäftigt, dass ihr beide gar nicht darauf geachtet habt, was rund um euch vorging?", sagte er, und wirkte ein kleines bisschen verlegen bei diesen Worten.

"Nein", sagte Penny rasch. "Wir waren doch noch nicht ... Also, ich meine, wir saßen noch herum und redeten. Bei halbwegs guter Beleuchtung. Da hat sich ganz bestimmt niemand an Xavier herangeschlichen. Unmöglich!"

"Du musst dich nicht vor mir rechtfertigen, Penny", sagte der Inspektor. Ein vielsagendes Lächeln huschte über sein Gesicht. "Bloß weil du mit einem Fremden Sex haben wolltest."

"Ich rechtfertige mich ja gar nicht!", gab sie ein wenig patzig zurück. Es ging wirklich niemanden etwas an, wenn sie sich ein erotisches Abenteuer gönnen wollte. Sie war eine erwachsene Frau, frisch Single, und konnte tun und lassen, was ihr beliebte.

Warum legte sie dennoch so viel Wert darauf, dass dieser Polizist kein falsches Bild von ihr bekam?

Er gefällt dir, Penny, gesteh es dir doch ein.

22.

5.29 Uhr

Rasch schob Penny den Gedanken beiseite und griff das Gespräch wieder auf. "Nein", bekräftigte sie noch einmal. "Kein Mensch hat diese beiden Männer getötet. Weder Xavier, noch Jacques, obwohl in seinem Fall der Raum voller Menschen war. Jemand hätte sich bücken und ihm etwas in den Fuß injizieren müssen. Das wäre aufgefallen. Keine Chance."

"Dann muss es wohl doch eine abgerichtete Spinne gewesen sein", sagte Jürgen Moser. "Unmöglich ist das nicht. Denk nur an die Sherlock Holmes Geschichte mit der dressierten Schlange. Wie hieß die noch? Das gefleckte Band?"

"Ja. Das ist einer meiner Lieblingskrimis!", antwortete Penny aufgeregt. Die Sherlock Holmes Geschichten hatte sie schon in ihrer Kindheit geliebt. Der exzentrische - heutzutage würde man sagen: nerdige - Detektiv war einer ihrer größten Helden und Vorbilder.

"Aber du kennst doch bestimmt die ganzen Kritikpunkte an der Story, oder?", sagte sie zu Jürgen. "Das gefleckte Band ist eine der berühmtesten Sherlock Geschichten, aber auch diejenige, bei der Sir Arthur Conan Doyle am schlampigsten recherchiert hat."

"Echt?", erwiderte der Inspektor. Das eifrige Lächeln, das sich eben noch in seinem Gesicht ausgebreitet hatte, erstarb.

Ganz prima, Penny, musst du doch noch die Besserwisserin geben, ja? Aber jetzt war es zu spät für einen Rückzieher.

Jetzt sah der ehrgeizige junge Polizist sie erwartungsvoll an.

"Na ja, ich habe es auch nur mal irgendwo gelesen", ruderte sie wenigstens halbwegs zurück. "Es ist so: Der Mörder im *gefleckten Band* hat eine Schlange im Safe seines Zimmers untergebracht, nicht wahr?"

Jürgen Moser nickte.

"Und er hat diese Schlange so dressiert, dass sie durch einen Lüftungsschacht in das Nachbarzimmer kriecht, wo das Opfer schläft. Dort schlängelt sich das Reptil dann an einem Glockenzug hinunter und tötet die Frau mit seinem Gift."

"Genau. Und danach ruft der Mörder das Tier mit einer Pfeife, auf dessen Ton er es abgerichtet hat, in sein Zimmer zurück."

"Wieder per Glockenzug und Lüftungsschacht", ergänzte Penny. "Und dann belohnt er es mit einem Schälchen Milch."

"Und was ist daran schlampig recherchiert?", fragte Jürgen Moser.

"So gut wie alles. Erstens: Man kann eine Schlange nicht in einem Safe halten – dort würde sie ersticken. Aber das ist noch das kleinste Problem. Zweitens: Eine Schlange könnte nicht an einem lose hängenden Seil wie bei einem Glockenzug hinaufklettern. Drittens: Schlangen sind taub, können also keine Pfeife hören. Und viertens: Sie sind laktose-intolerant. Mit Milch füttern klappt also ebenfalls nicht."

Dem Inspektor entfuhr ein Laut des Erstaunens. "Echt?", murmelte er, sichtlich schockiert. Bestimmt war Conan Doyle mit seinen Sherlock Holmes Stories auch einer von Jürgen Mosers Helden. Den Penny gerade ziemlich demontiert hatte.

Aber der junge Polizist fing sich schnell wieder.

"Nichtsdestotrotz", sagte er. "Die Spinne könnte abgerichtet worden sein. Mit anderen Methoden. Wir dürfen das nicht ausschließen."

In diesem Moment erklang der melodiöse Gong der Türglocke. "Herein", rief Penny reflexartig.

Die Tür öffnete sich, scheinbar wie von Geisterhand – denn draußen auf dem Gang war niemand zu sehen. Dann jedoch rollte der kleine Robo-Steward herein, ausgestattet mit einem Tablett, auf der er zwei dampfende Teetassen balancierte. Und eine kleine Silberschüssel mit Keksen.

"Wow", entfuhr es dem Inspektor, der noch keine Bekanntschaft mit den Hightech Spielereien an Bord des Zuges gemacht hatte. "Der ist ja cool."

Der Robo-Steward fuhr auf ihn zu, hielt rechtzeitig an – und Jürgen griff nach einer der Teetassen. Daraufhin drehte der mechanische Kellner sich neunzig Grad um die eigene Achse, surrte auf seinen Rollfüßen vor Penny hin und blieb erneut stehen.

Als auch sie sich ihre Teetasse – samt der Keksschale – genommen hatte, gab der Roboter ein sonores "Danke für Ihre Bestellung", von sich und verließ ohne weitere Verzögerung das Abteil.

In diesem Augenblick kam Penny eine Idee. Der Gedanke explodierte förmlich in ihrem Kopf, just in dem Moment, als sie sich bei ihrem ersten Schluck Tee die Zunge verbrannte. "Er kann uns wahrnehmen!", rief sie aufgeregt und sprang dabei so unvermittelt auf, dass sie beinahe ihre Tasse fallen ließ.

"Hm?", fragte der Inspektor. Hungrig beäugte er die Keks-Schale, die Penny neben sich auf dem Schreibtisch abgestellt hatte. Der arme Mann hatte bestimmt vor lauter Katastropheneinsätzen seit einer halben Ewigkeit nichts mehr gegessen.

Penny reichte ihm die Cookies hinüber. "Der Roboter!", sagte sie dann. "Er weiß, wo im Raum wir uns aufhalten! Er hat uns sein Gesicht zugewandt. Also seine Vorderseite, meine ich."

Der Inspektor zuckte mit den Schultern. "Klar, er hat sicher jede Menge Sensoren, er bewegt sich ja auch autonom. Wie ein selbstfahrendes Auto. Sonst würde er überall anecken – oder ein Mensch müsste ihn fernsteuern, was die Sache ad absurdum führen würde. Diese Dinger sollen ja Personal sparen."

"Und mit diesen Sensoren kann er auch feststellen, wo im Raum wir uns gerade befinden?", fragte Penny. "Aber wie kann er uns auseinanderhalten? Wie weiß er, was ein Mensch ist und was ein Möbelstück oder eine Wand? Er kam ja direkt auf uns zugefahren."

Jürgen zuckte die Schultern. "Ich bin kein Experte in Robotik. Aber ich denke mal, er hat Kameras, mit denen er menschliche Umrisse ausmachen kann. Mikrofone, die unsere Stimmen orten, und womöglich sogar Infrarot, dann nimmt er auch unsere Körperwärme wahr. Vielleicht wird jeder Passagier, der an Bord des Zuges kommt, fotografiert, und die AI weiß dann die ganze Fahrt über, wer wer ist. Alles machbar heutzutage."

"Die AI?", fragte Penny nach.

"Das steht für Artificial Intelligence. Künstliche Intelligenz."

"Oh", machte Penny. Techno-Kram war nicht ihr Ding.

"Die Segnungen des 21. Jahrhunderts", sagte Jürgen lächelnd. "Aber worauf wolltest du eigentlich hinaus?"

Penny antwortete nicht gleich. Sie war noch damit beschäftigt, die neuen Informationen zu verarbeiten, mit denen der Polizist sie eben bombardiert hatte. Sie trank ein paar Schlucke Tee, diesmal vorsichtiger, um sich nicht erneut zu verbrennen, während ihr Gehirn auf Hochtouren arbeitete.

Dann sagte sie: "Du hast dich doch zuvor gefragt, ob das Spinnengift nicht irgendwie anders verabreicht worden ist. Also ohne Spinne."

"Ja?"

"Verstehst du denn nicht? Ein Mensch kann es nicht gewesen sein – aber womöglich ein Roboter! Eine Spinne kann man vielleicht mit Mühe und Not irgendwie abrichten, aber ich glaube trotz allem nicht, dass man sie zielgerichtet auf eine bestimmte Person hetzen kann."

"Einen Roboter aber schon", sagte der Inspektor gedehnt. Er schien jetzt zu begreifen, worauf Penny hinauswollte.

"Wenn ich dich eben richtig verstanden habe, dann müsste das doch gehen, oder?", fragte sie aufgeregt nach. "Eine AI, wie du sie nennst, so zu programmieren, dass sie sich selbständig durch den Zug bewegt und eine bestimmte Person ansteuert, deren Aussehen man ihr vorher eingespeichert hat. Und dass sie diesen Menschen dann attackiert, ihm Gift spritzt."

"Wenn der Roboter mit der passenden Vorrichtung dafür ausgerichtet ist, sollte das kein Problem darstellen", sagte Jürgen. "Und natürlich mit einem Tank für das Gift."

"Er müsste aber kleiner sein als die Robo-Stewards", gab

Penny zu bedenken. "Sonst hätten wir ihn gesehen. Auch wenn diese Dinger bei weitem nicht so auffällig wie Menschen sind."

Der Inspektor und sie sahen einander ein paar Augenblicke lang wortlos an. "Viel kleiner", sagte sie dann.

"Auch das ist machbar", meinte Jürgen Moser. "Ich lese gerne Fachzeitschriften über solche High Tech Spielereien, weißt du. Ist ein Hobby von mir. Und neulich erst ist mir ein Artikel untergekommen – über die Einsatzmöglichkeiten der Nanotechnologie in der Medizin."

"Nano?", unterbrach ihn Penny. "Was ist denn das nun wieder?"

Der Inspektor schien ganz in seinem Element zu sein. Anscheinend war er nicht nur ein leidenschaftlicher Fan der Kriminalistik, sondern auch ein ziemlicher Nerd. "Nános bedeutet Zwerg", erklärte er Penny. "Ein Nanometer ist ein Milliardstel Meter. Mit freiem Auge unsichtbar. Ein menschliches Haar hat einen Durchmesser von ungefähr sechzigtausend Nanometern. Und es gibt mittlerweile Roboter in dieser winzigen Größenordnung."

"Im Ernst?"

"Ja. Klingt unglaublich, oder? Der Artikel, den ich gerade erwähnt hab, handelte zum Beispiel von medizinischen Nanorobotern, die man im menschlichen Körper gezielt auf Krebszellen hetzt, um diese zu zerstören. Das Ganze ist noch im Experimentalstadium, aber unser hypothetischer Killer-Roboter dürfte ja um ein gutes Stück größer sein, und wäre noch immer so gut wie unsichtbar."

"Das muss es sein!", rief Penny – auch wenn sie nur die Hälfte von Jürgens Ausführungen verstanden hatte. "Auf diese Art wurden die beiden Brüder ermordet, mithilfe so eines Zwergen-Dingsbums. Madeleine Salmann leitete einen Mega High Tech Konzern. Die produzieren alle möglichen Spielereien, Drohnen, Waffen, diese niedlichen Roboter, die hier im Zug herumfahren und so weiter – warum nicht auch etwas im Nanobereich?"

Jürgen nickte eifrig. "Gut möglich. Im militärischen Umfeld ist die Mikro- und Nanotechnologie auch schon gang und gäbe."

"Aber doch bestimmt keine winzig kleinen mechanischen Killerspinnen?", fragte Penny. "Oder?"

"Das vermutlich nicht. Aber jemand mit dem nötigen technischen Know-how könnte eins der Produkte der Firma Salmann entsprechend adaptiert haben. Für seine mörderischen Zwecke."

Penny verstummte.

"Was ist los?", fragte Jürgen. "Ich denke, du liegst genau richtig mit dieser Idee. Unser Giftmörder war ein Roboter, keine Spinne! Wir sind von ganz falschen Voraussetzungen ausgegangen."

"Aber niemand an Bord hat das nötige Know-how für so etwas", entgegnete Penny. "Also abgesehen von Madame Salmann natürlich. Die war ein technisches Genie. Aber die kann nicht unsere Mörderin sein. Die wurde ja selbst umgebracht. Obwohl ... Was, wenn sie so einen mini Killer-Roboter gebaut hat, um ihre Söhne damit zu vergiften? Und ein anderes Familienmitglied hat sich dann dafür an ihr gerächt?"

"Möglich wäre es", sagte der Inspektor. "Auch wenn ich zugeben muss, dass das ziemlich reißerisch klingt. Eine

Mutter, die ihre eigenen Kinder ermordet?"

"Sie hielt sie für Versager", sagte Penny. "Aber ich gebe zu, dass das kaum als Motiv für einen Mord reicht."

"Wenn sie es getan hat", erwiderte Jürgen nachdenklich, "vielleicht wurde sie selbst dann von dieser Louise ermordet? Die liebte ihren Verlobten doch sehr, sagtest du, oder? Und steht jetzt völlig unter Schock. Sie könnte sich an der alten Dame gerächt haben – im Affekt, mit dem Steakmesser."

"Das hört sich wirklich nach einem Groschenroman an", wandte Penny ein.

"Aber möglich wäre es", beharrte der Inspektor.

23.

5.50 Uhr

"Wir müssen noch einmal mit den Zeugen sprechen", sagte Penny. "Oder vielmehr mit den Verdächtigen. Du und ich gemeinsam!" Sie konnte ihre Aufregung kaum noch zügeln.

Endlich hatten sie einen Durchbruch erzielt, waren einen großen Schritt weitergekommen. Eine Killermaschine anstelle einer Spinne eröffnete ganz neue Möglichkeiten!

Jürgen Moser, der sich gerade noch einmal die Bisswunden von Xavier und Jacques besehen hatte, richtete sich ruckartig auf. "Das kommt nicht in Frage!", protestierte er. "Wenn einer dieser Leute später den Kollegen von der Kripo erzählt, dass ich sie in deiner Gegenwart verhört habe, bin ich meinen Job los."

Hm. Damit hatte er nicht unrecht. Im Feuereifer ihrer neuen Erkenntnis hatte Penny ganz auf dieses lästige Detail vergessen. *Du bist nicht die offizielle Ermittlerin in diesem Mordfall,* musste sie sich in Erinnerung rufen. So sehr sie diese Rolle auch liebte.

Der junge Polizist und sie sahen sich eine Weile lang schweigend an. Ein Gefühl der Verlegenheit machte sich zwischen ihnen breit.

"Ich hab´s", rief Penny plötzlich. "Warum sprichst du nicht einmal mit den Passagieren in den hinteren beiden Waggons? Du könntest sie informieren, dass wir hier noch eine Weile festsitzen werden, aber dass sie sich keine Sorgen zu machen brauchen. Und du sorgst dafür, dass alle in ihren

Abteilen bleiben, und die Außentüren auch sicher verschlossen sind, damit niemand die Flucht ergreifen kann."

"Willst du mir jetzt auch noch erklären, wie ich meinen Job machen soll?"

"Nicht doch", sagte Penny rasch und setzte ihr unterwürfigstes Lächeln auf. "Ich dachte mir nur, dass ich in der Zwischenzeit ... na ja, ich könnte ganz unbefugt, hinter deinem Rücken, ohne dass du etwas davon weißt –"

"Komm auf den Punkt, Penny", unterbrach der Inspektor sie. Er blickte ernst drein, aber war da nicht der Funke eines schalkhaften Grinsens in seinen Augen?

"Also, ich könnte noch einmal mit den Verdächtigen reden. Allein, quasi hinter deinem Rücken. Dann bist du aus dem Schneider, was deine Vorschriften anbelangt. Ich meine, du kannst ja schließlich nicht überall sein, und wenn du gerade den hinteren Zugteil sicherst, und ich deine ausdrückliche Anordnung missachte, in meinem Abteil zu bleiben wie alle anderen, so kann man *dir* daraus bestimmt keinen Vorwurf machen!"

"Du bist wirklich unglaublich Penny", sagte Jürgen kopfschüttelnd.

Sie wünschte sich, ihn lächeln zu sehen, und dass er auf ihren verrückten Plan eingehen würde.

Er jedoch musterte sie eindringlich, fast nüchtern. "Du bist ja noch nicht einmal eine Privatdetektivin. Du hast keine Berufsberechtigung, keine abgeschlossene Ausbildung –"

"Das weiß ich", fiel Penny ihm ins Wort. "Aber ich muss da unbedingt noch ein paar Punkte klären. Und unsere Verdächtigen würden mit mir reden. Sie haben mich schon als Privatdetektivin akzeptiert – die von Madeleine beauftragt worden ist. Dem Familienoberhaupt. Das hat Gewicht, auch wenn die alte Dame jetzt tot ist. Und keiner von ihnen wird nachher ein Problem damit haben, dass ich, sozusagen von Zivilist zu Zivilist, mit ihnen über den Fall geplaudert habe. Sie *wollen* reden. Drei von ihnen sind unschuldig, die haben Angst. Die wollen begreifen, was da heute Nacht geschehen ist."

"Mir ist nicht wohl bei dieser Idee", sagte Jürgen Moser, aber er klang jetzt schon bei weitem nicht mehr so abgeneigt.

"Für dich ist es kein Risiko", betonte Penny. "Und für mich auch nicht. Wie gesagt, ich plaudere nur unter Zivilisten."

"Und was, wenn der Mörder sich von dir in die Enge getrieben fühlt, bei deinem Verhör? Pardon, bei deinem zivilen Geplauder? Hast du darüber schon mal nachgedacht? Wenn ich im hinteren Zugteil bin, damit du hinter meinem Rücken dein Ding abziehen kannst, wie soll ich dir da helfen, wenn du ihn Gefahr bist?"

Ohne dass Penny etwas dagegen tun konnte, machte sich ein warmes Gefühl in ihrem Inneren breit. Jürgen Moser machte sich verdammt gut in der Rolle des Beschützers. Es gefiel ihr, dass er sich um sie sorgte.

Das ist nur sein Polizisten-Instinkt, ermahnte sie sich. *Daraus musst du nicht gleich folgern, dass er dich mag.*

"Ich kann schon auf mich aufpassen", konterte sie, ohne sich etwas anmerken zu lassen. Doch insgeheim musste sie sich eingestehen, dass er mit seinen Vorbehalten Recht hatte. Ihr Plan konnte gefährlich werden. Und sie war nicht halb so furchtlos, wie sie vorgab.

"Der Mörder kann sich doch kaum eine weitere Waffe

besorgt haben, nicht wahr?", sagte sie, obwohl sie sich dieser Tatsache keineswegs sicher war. Sie hatten es offensichtlich mit einem sehr erfinderischen Menschen zu tun. Und einem, der zu allem entschlossen war. Nach drei Morden kam es ihm bestimmt auf einen vierten auch nicht mehr an.

Jürgen Moser seufzte. Es war ihm deutlich anzusehen, wie es hinter seiner Stirn arbeitete. Wie er hin- und herüberlegte, ob er Pennys verrücktem Plan zustimmen sollte.

"Lass es mich versuchen", drängte sie ihn. "Wenn ich etwas herausfinden kann, dann hast du den Fall gelöst. Deal? Ich brauche keine Lorbeeren, ich will nur helfen."

"Denkst du, mir geht es um die Lorbeeren?", erwiderte Jürgen scharf.

"Aber du willst den Fall doch genauso lösen wie ich! Oder etwa nicht? Und du könntest den Mörder in Gewahrsam nehmen, bis deine Kollegen endlich eintreffen. Dann kann er keinen Schaden mehr anrichten, und die Leute im Zug sind wieder sicher. Wäre das nichts?"

"Verdammt noch mal! Meinetwegen! Tu es." Jürgen verzog das Gesicht zu einer Grimasse, die halb nach Resignation, halb nach Zorn aussah. Und eine Spur von Belustigung war auch dabei.

Dann wandte er sich ab und schickte sich an, das Abteil zu verlassen. In der Tür drehte er sich aber doch noch einmal um. "Sei um Himmels willen vorsichtig, ja? Wenn du auch nur ein ungutes Gefühl bekommst, haust du sofort ab, das musst du mir versprechen! Warte, ich geb dir meine Handynummer. Behalte dein Telefon griffbereit, und beim ersten Anzeichen von Gefahr –"

"– rufe ich dich sofort an!", vollendete Penny seinen Satz. "Ja, das mache ich. Versprochen!"

Sie tauschten ihre Telefonnummern aus, dann verschwand der Inspektor im Gang. Er ließ die Abteiltür hinter sich offen stehen und entfernte sich in Richtung des Lounge Wagens.

Penny hingegen suchte das Abteil von Louise auf – nicht um Jacques´ Verlobte noch einmal zu befragen, sondern um einen wichtigen Punkt mit Dr. Stiller zu besprechen. Zu Louise selbst führte Pennys Einschätzung nach keine besonders heiße Spur. Auch wenn sie keine voreiligen Schlüsse ziehen durfte.

Der Arzt hob den Kopf, als Penny das Abteil betrat. Er saß neben Louise auf dem Sofa, die in sich zusammengesunken war. Es hatte den Anschein, als ob sie eingeschlafen wäre.

Was Penny gut passte. Sie bedeutete dem Arzt mit einer Bewegung ihres Kopfes, einen Moment zu ihr auf den Gang hinaus zu kommen. "Ich muss Sie kurz etwas fragen, Dr. Stiller", flüsterte sie ihm zu.

Er leistete ihrer Aufforderung sofort Folge. Nahezu lautlos stand er auf, durchquerte den Raum und schloss vorsichtig die Abteiltür hinter sich. So behutsam wie ein Vater, der sein schlafendes Kind nicht wecken wollte. Dann blickte er sie aus müden Augen an. "Was gibt es denn?", fragte er. "Etwas Neues?"

"Möglicherweise", sagte Penny ausweichend. "Es geht um Folgendes: Wenn wir von einem tödlichen Spinnengift ausgehen – welche Menge ist da eigentlich erforderlich, um einen Menschen zu ermorden?"

Der Arzt blickte sie verständnislos an. "Nun, anscheinend

gelang es dem Tier, in kurzer zeitlicher Abfolge zwei Menschen zu töten. Ungewöhnlich ist das schon, wenn Ihre Frage darauf abzielt. Aber durchaus nicht unmöglich."

Penny schüttelte den Kopf. "Das meine ich nicht. Was ich wissen möchte: Wie groß ist die nötige Giftmenge, um jemanden zu töten. Reden wir da von ein paar Tropfen? Von einem halben Teelöffel? Wieviel Platz braucht das Gift? Darum geht es mir."

Der Arzt sah immer noch verwirrt aus. Dennoch beantwortete er die Frage bereitwillig. "Ich bin da natürlich kein Experte. Aber bei so einer hochtoxischen Substanz genügt eine winzige Menge. Die Tiere sind ja auch mitunter sehr klein – das sagte ich Ihnen bereits."

"Ja, zwei bis drei Zentimeter im Durchmesser – für die Spinne", wiederholte Penny die Meinung, die der Arzt vor ein paar Stunden geäußert hatte.

Er nickte. "Die Menge Gift, die so ein Tier bei einem Biss absondert, ist von ihrem Volumen her vielleicht so groß wie ein Reiskorn, würde ich schätzen. Womöglich noch kleiner. Wie gesagt, ich bin kein Experte. Aber ich verstehe nicht, worauf Sie hinauswollen, Frau Küfer?"

"Ein Reiskorn? So wenig?"

"Ja. Vielleicht sogar noch weniger. Ein paar Tropfen im Prinzip. Aber jetzt verraten Sie mir doch bitte –"

"Ich erkläre es Ihnen später", unterbrach ihn Penny. "Erst muss ich noch ein paar Gespräche führen. Bleiben Sie in der Zwischenzeit bei Louise?"

"Ja, sicher", sagte der Arzt. "Ich denke, Sie ist jetzt stabil, aber es kann bestimmt nicht schaden, wenn jemand in ihrer Nähe ist."

24.

6.02 Uhr

Erika Salmann hatte sich nicht von der Stelle bewegt. Sie saß allein in ihrem Abteil, wo Penny sie zurückgelassen hatte, und schien tief in Gedanken versunken.

"Sie schon wieder?", sagte sie, als Penny vor sie hintrat. "Wann kommt denn endlich die Polizei? Wann können wir diesen Zug verlassen? Ich möchte hier weg. Es sollte doch möglich sein, ein Hotel in St. Anton zu bekommen, bis –"

"Sie müssen sich noch etwas gedulden", fiel Penny ihr ins Wort. "Die Kriminalpolizei ist auf dem Weg, aber die Straßen hierher sind derzeit unpassierbar. Ich habe in der Zwischenzeit aber noch eine Frage an Sie."

Erika sah sie desinteressiert an, während Penny fieberhaft überlegte, wie sie das Verhör, das sie plante, am besten anlegen sollte. Denn jetzt ging es nicht mehr bloß darum, ziellos drauflos zu plaudern, sondern ums Eingemachte. Darum, die Wahrheit herauszufinden.

Sie musste Erika Salmann dazu bringen, ihr reinen Wein einzuschenken. Sie musste herausfinden, ob diese Frau die Mörderin war. Und wenn ja, so musste sie auf der Hut sein – jede Sekunde, die sie in diesem Abteil verbrachte, jede noch so kleine Unachtsamkeit konnte sie das Leben kosten.

Unauffällig schielte sie zu Boden, aber da war nichts. Kein winziger Roboter, der mit dem Gift einer tödlichen Spinne bewaffnet war. Zumindest keiner, den man mit bloßem Auge erkennen konnte. Was nichts heißen mochte, wie

Penny inzwischen wusste.

Wenn die Giftmenge, die ausreichte, um einen Menschen ins Jenseits zu befördern, so winzig war, wie Dr. Stiller beschrieben hatte, so konnte der Roboter kleiner als eine Ameise sein. Das lag zwar nicht im Nano-Bereich, den Jürgen ihr so enthusiastisch nahegebracht hatte, aber es war angsteinflößend genug.

Ihr war jetzt völlig klar, dass niemand etwas gesehen hatte, als Xavier und Jacques ermordet worden waren. Nicht einmal die beiden Opfer selbst. Der winzige Roboter konnte ihr und Xavier ins Abteil gefolgt sein, wo er dann auf den passenden Befehl des Mörders gewartet hatte. Daraufhin war er auf Xaviers Fuß gekrabbelt und hatte zugestochen. Vielleicht zweimal in kurzer zeitlicher Abfolge und dicht nebeneinander, um die charakteristischen Doppellöcher eines Spinnenbisses zu simulieren.

Im nächsten Moment konnte er auch schon wieder verschwunden sein. Niemand hätte so einen Angriff bemerkt, selbst im Fall von Jacques nicht, obwohl das Abteil zum Zeitpunkt seines Todes voller potenzieller Zeugen gewesen war.

Penny wandte sich Erika zu. Sie versuchte, sich alles in Erinnerung zu rufen, was sie über Verhörtechniken wusste. Was verdammt wenig war. Natürlich wurden in den Krimis, die sie gerne las, immer wieder Zeugen oder Verdächtige befragt, aber die echten Profis gingen wohl kaum so vor wie in diesen Büchern.

Auf ihrem Lesestapel daheim lag das Fachbuch eines Ex-FBI-Agenten und ein weiteres von einem Oxford-Professor. Beide Männer hatten dicke Wälzer darüber geschrieben, wie man Menschen dazu bewegen konnte, die Wahrheit zu sagen. Wie man Lügen entlarvte.

Penny hatte sich in letzter Zeit viele ähnliche Werke gekauft. Alles nur Erdenkliche, das ein guter Detektiv wissen musste. Wenn man ein Vollprofi in seinem Fach werden wollte, reichte es nicht, nur das Standardprogramm zu absolvieren.

Dumm nur, dass sie bis dato lediglich die Klappentexte der beiden Bände gelesen hatte. Sie war also - bei allen guten Absichten für ihre berufliche Zukunft - jetzt, wo es darauf ankam, auf Know-how aus Kriminalromanen angewiesen. Und auf ihren Instinkt. Das musste genügen.

"Sie haben mir nicht die Wahrheit gesagt, vorhin", sagte sie kurz entschlossen zu Erika Salmann.

Erika hob eine Augenbraue, wirkte aber noch immer unbeteiligt. So, als höre sie nur mit einem Ohr bei einem Gespräch zu, das sie ganz offensichtlich nicht interessierte.

Penny ließ sich dadurch nicht beirren. "Sie haben einschlägige Vorerfahrungen mit Giftspinnen", sagte sie ihr auf den Kopf zu. "Mir wurde die Geschichte über den Tod ihres Ex-Mannes zugetragen."

Das erzielte den gewünschten Effekt. Erika entfuhr ein erzürnter Zischlaut. Sie sprang von dem Stuhl auf, auf dem sie eben noch in zusammengesunkener Körperhaltung gesessen hatte, und fuhr Penny an: "Wer hat Ihnen das erzählt? Martin, nicht wahr? Dieses Schwein. Er will mir was anhängen. Mich loswerden. Aber damit kommt er nicht durch, das sage ich Ihnen!"

"Sie loswerden?", wiederholte Penny, die kaum glauben konnte, wie heftig Erika auf ihre Anschuldigung reagiert hatte.

Die gedrungene kleine Frau starrte sie finster an. Ihre Wangen hatten sich stark gerötet. In ihren Augen war etwas erwacht. *Hass*, sagte sich Penny. Ganz eindeutig.

Erika trat einen Schritt auf sie zu, aber sie zwang sich, nicht vor ihr zurückzuweichen.

Du darfst keine Angst zeigen, ermahnte sie sich. Das war unprofessionell, wenn sie sich hier schon als die große Privatermittlerin aufspielte. Und womöglich lebensgefährlich, wenn Erika eine wahnsinnige Mörderin war. Solchen Menschen zu zeigen, dass man sie fürchtete, ihnen das Gefühl zu geben, dass sie Macht über einen hatten, konnte einen Angriff provozieren.

Erika verzog verächtlich die Mundwinkel. "Meine Ehe ist eine Farce, da mache ich kein Geheimnis draus. Schon seit langem. Martin ist nur noch bei mir, weil er sich keine Scheidung leisten kann."

"Und Sie? Warum trennen Sie sich nicht von ihm?"

Penny erhielt keine Antwort. Der Hass in Erikas Augen loderte erneut auf. "Er hat eine Geliebte, dieses Schwein", sagte sie. Ihre Stimme war rau und tonlos. "Schon seit längerem. Und jetzt will er wohl die Gelegenheit nutzen, mich auf kostengünstigem Weg loszuwerden. Indem er mir diese Morde anhängt."

Sie trat noch näher an Penny heran und starrte ihr geradewegs ins Gesicht. "Vielleicht sollten Sie lieber *ihn* mit Ihren Fragen löchern, Frau Privatdetektivin. Ich bin die Falsche. Ich habe niemanden getötet."

"Dass ihre beiden Schwager an Spinnengift starben – genau wie Ihr Ex-Mann – das erscheint Ihnen nicht merkwürdig?", konterte Penny. "Die Polizei wird das bestimmt interessant finden, könnte ich mir vorstellen. Sie müssen doch zugeben, dass das kaum ein Zufall sein kann."

"Mir doch egal, was Sie sich vorstellen können", sagte Erika bissig. Daraufhin wandte sie sich endlich von Penny ab. Sie drehte sich um und steuerte den Schreibtisch unter dem Fenster an.

Scheinbar erschöpft ließ sie sich auf den Stuhl zurückfallen. "Sie haben gar nichts gegen mich in der Hand, und wenn Martin meint, dass er Ihnen unbedingt diese uralte Geschichte von meinem Ex-Mann auftischen muss, so sollten Sie sich vielleicht fragen, was ihn dazu veranlasst hat. Welchen Zweck er damit verfolgt. Vielleicht ist *er* ja Ihr Mörder."

"Würden Sie ihm das denn zutrauen?", fragte Penny zurück. "Was hätte er denn davon, seine Brüder zu töten?"

"Keine Ahnung, ein größeres Erbe, wenn seine Mutter mal stirbt? Das heißt, sie ist ja gestorben, aber damit konnte natürlich niemand rechnen."

Etwas regte sich in Pennys Hinterkopf, doch sie bekam den Gedanken nicht zu fassen, weil Erika bereits heftig erregt weiterredete. "Madeleine wollte sich demnächst zur Ruhe setzen, wissen Sie? Und die Firma verkaufen, weil sie in keinem ihrer Söhne einen würdigen Nachfolger sah."

"Martin arbeitet als einziger von den dreien im Unternehmen, nicht wahr?", fragte Penny.

Erika nickte. "Aber er ist nur ein kleines Licht, machen wir uns nichts vor. Madeleine übertrug ihm die Leitung eines unbedeutenden Teams, wo er keinen Schaden anrichten konnte. Das waren ihre eigenen Worte – und sie erinnerte Martin bei jeder Gelegenheit daran, das können Sie mir glauben." Sie schüttelte den Kopf. "Es ist eine schreckliche Familie."

Sie verstummte und schien über etwas nachzudenken. Penny hatte das Gefühl, dass sie jetzt durchaus reden wollte. Und dass ihre Feindseligkeit etwas abgenommen hatte.

"Jacques und Xavier waren für den Firmenverkauf, wissen Sie", fuhr Erika fort. "Martin hingegen wollte seine Mutter dazu bewegen, das Unternehmen an ihn weiterzugeben. Er hätte dann seine Brüder anteilig ausbezahlt – in der Firmenkasse wären die nötigen Mittel dafür vorhanden. Der Konzern ist sehr finanzstark. Alles, was Madeleine anfasste, verwandelte sich buchstäblich in Gold."

"Und Sie? Wie dachten Sie über die Unternehmensnachfolge?"

"Ich war natürlich dafür, dass Martin den Konzern weiterführt. Es ist doch ein Wahnsinn, wenn ein solches Weltunternehmen einfach verscherbelt wird, statt in der Familie zu bleiben!"

Penny kam der Verdacht, dass Erika ihren Ehemann bei seinem Wunsch, die Firma zu übernehmen, tatkräftig unterstützt haben musste. Wenn nicht überhaupt sie diejenige gewesen war, die ihn auf diese Idee gebracht hatte. Erika war eine ehrgeizige Frau, das stand außer Frage.

Aber war sie auch eine Mörderin? Hatte sie Martins Brüder getötet, weil die sich für den Verkauf der Firma ausgesprochen hatten? War das endlich das Motiv, nach dem Penny schon die ganze Nacht lang suchte? Die Schwiegermutter dann ebenfalls zu beseitigen, passte da auch gut ins Konzept. Ganz besonders, wenn Madeleine etwas gesehen hatte, oder Erika aufgrund deren Vorgeschichte mit

Giftspinnen als Mörderin verdächtigte.

"Der Firmenwert liegt bei über einer Milliarde Euro, nehme ich an?", fragte Penny.

"Da können Sie ruhig noch eine Null dranhängen", gab Erika hochnäsig zurück. "Wie schon gesagt, Madeleine verstand es, jede ihrer Ideen, jedes Patent, das sie anmeldete, in Gold zu verwandeln."

"Ihre Schwiegermutter war wohl ein technisches Genie, nicht wahr?", warf Penny ein.

"Ja, sicher." Erika schien ihre Schwiegermutter zwar nicht besonders geliebt zu haben, zollte ihr anscheinend aber doch Bewunderung für ihre Leistungen als Geschäftsfrau. Und als Erfinderin.

"Haben Sie selbst sich auch schon einmal näher mit den Produkten des Unternehmens befasst, Frau Salmann?", fragte Penny weiter.

"Ich? Nein. Ich war nie in die Geschäfte involviert."

"Aber Sie haben ein gewisses Interesse an der Materie? Wie gut sind beispielsweise Ihre Kenntnisse in Robotik?"

Erika kniff die Augen zusammen und starrte Penny argwöhnisch an. Ahnte sie, worauf diese Frage abzielte? Oder besser gesagt, wusste sie es genau, weil nämlich sie es gewesen war, die einen der Mini-Roboter des Unternehmens als tödliche Waffe eingesetzt hatte?

Anstatt Pennys Frage zu beantworten, verlegte Erika sich erneut darauf, sich über ihren Ehemann zu beklagen. "Diese Geliebte von Martin, sie arbeitet auch in der Firma", sagte sie, und sah Penny dabei an, als würde sie der Betreffenden am liebsten den Hals umdrehen.

Penny wollte etwas erwidern, doch Erika war schneller.

Das Thema schien sie wirklich sehr zu erregen. "Er betrügt mich schon seit Jahren, dieser Dreckskerl! Und glaubt doch tatsächlich, dass ich nichts davon mitkriege! Vielleicht ist es sogar jemand aus seinem Team, wer weiß? Er wäre ja nicht der Erste, der es mit seiner Sekretärin treibt." Sie lachte hart auf und entblößte dabei ihre Zähne. "Muss ja ein schreckliches Weib sein, dass sie etwas an Martin findet!"

"Hat er Ihnen gestanden, dass er eine Geliebte hat? Oder woher wissen Sie das?", fragte Penny.

Martins außereheliche Abenteuer schienen ihr nicht unbedingt relevant für die Mordermittlungen, aber sie musste jeder möglichen Spur nachgehen. Vielleicht stimmte es ja, dass Martin seiner Ehefrau den Mord anhängen wollte – den er selbst begangen hatte. Zwei Fliegen mit einer Klappe sozusagen.

Wenn Erika verurteilt würde, ginge er selbst straffrei aus, *und* er konnte sich dann ganz seiner Geliebten zuwenden. Ohne eine teure Scheidung in Kauf nehmen zu müssen. Erika würde für viele Jahre hinter Gittern verschwinden.

Es war zwar richtig, dass Martin nicht gerade als Traummann durchging, aber gegenüber seiner scharfzüngigen Gattin konnte er es sich mit einer neuen Frau bestimmt ein wenig verbessern.

Vielleicht komme ich der Wahrheit endlich ein Stück näher, sagte Penny sich hoffnungsvoll. Hatte Martin Salmann seine Brüder aus dem Weg geräumt, weil sie den Familienkonzern dem Verkauf preisgeben wollten? Und hatte er für die Morde einen Mini-Roboter aus dem Unternehmen adaptiert, sodass dieser den Biss einer Giftspinne simulieren konnte? Um damit die Taten seiner ungeliebten Ehefrau anzuhängen, in deren engstem Umfeld bereits einmal ein Mensch an einem Spinnenbiss verstorben war?

Das war keine schlechte Theorie, fand Penny. Zumindest die beste, die sie bis jetzt hatte.

"Natürlich hat er mir kein Wort gestanden, von seiner Affäre", holte Erika sie aus ihren Gedanken. "Dazu ist er doch viel zu feige. Das war aber auch gar nicht nötig", fügte sie, ohne Atem zu holen, hinzu. "So etwas bemerkt man doch als Frau, wenn man nicht gänzlich unsensibel ist."

Sie blickte Penny herausfordernd an. Was wohl so viel heißen sollte wie: *Sie* würden so etwas bestimmt nicht mitkriegen.

Penny erwiderte nichts.

"Die üblichen Warnzeichen", sagte Erika und wedelte abschätzig mit der Hand. "Frauenparfum an seiner Kleidung, Kondome in der Geldbörse, lange Arbeitszeiten am Abend in der Firma – obwohl er dort wie gesagt kein großes Licht ist. Nicht die Art von Manager, der so unentbehrlich ist, dass er Tag und Nacht Überstunden schieben muss."

"Und Sie nehmen an, dass diese Frau ebenfalls in der Firma arbeitet?"

"Ja. Ich habe das überprüfen lassen. Ich habe jemanden aus Ihrer Branche angeheuert, meine liebe Frau Küfer. Einen Privatdetektiv, der meinen Mann mehrere Monate lang überwacht hat. Martin ist tatsächlich abends oft noch spät im Büro. Wenn in seiner Abteilung längst niemand mehr arbeitet. Er treibt es dort mit ihr, dessen bin ich mir sicher. Wenn er danach nach Hause kommt, haftet ihm oft dieser typische Geruch nach Sex an. Er hat keine Dusche im Büro, wissen Sie. Und ich habe eine überaus feine Nase." Wie zur

Betonung rümpfte sie ihr fleischiges Riechorgan. Und sah dabei sehr angewidert aus.

25.

6.18 Uhr

"Das ist doch lächerlich!", ereiferte sich Martin Salmann. "Erika ist paranoid. Ich habe keine Geliebte!"

Penny war in sein Abteil gegangen, gleich nachdem sie das Gespräch mit seiner Ehefrau beendet hatte. Er hatte froh gewirkt, sie zu sehen, hatte sich sogar noch einmal bedankt, dass sie die Verhandlungen mit der Polizei übernommen hatte, wie er das ausdrückte.

Jetzt jedoch war da eine gewisse Feindseligkeit in seinen Augen, auch wenn die gegen Erika gerichtet sein mochte, nicht gegen Penny. Wenn man unangenehme Fragen stellte, durfte man wohl nichts anderes erwarten.

"Dann arbeiten Sie also sehr viel und sind deswegen abends oft so lange im Büro?", hakte Penny nach.

"Ich wüsste ehrlich nicht, dass ich Ihnen Rechenschaft über meine Arbeitszeiten ablegen müsste", gab Martin zurück. "Und ich sehe auch nicht, welche Relevanz mein Privatleben haben sollte für –" Er stockte, blickte sich um, als verabscheue er nichts mehr als dieses Zugabteil, und fügte dann mit einer fahrigen Geste seiner Hand hinzu: "Für das alles hier. Diese Katastrophe."

Er sah sehr müde aus, und seine Nerven lagen wohl längst blank. Seine Dankbarkeit Penny gegenüber und die damit verbundene Freundlichkeit schienen sich jetzt vollends verflüchtigt zu haben.

Doch Penny ließ sich nicht beirren. "Produzieren Sie

eigentlich auch Mini-Roboter in Ihrer Firma?", fragte sie ihn, obwohl sie sich längst sicher war, wie die Antwort darauf lauten musste.

Aufmerksam beobachtete sie Martins Reaktion, wurde jedoch enttäuscht. Entweder er hatte sich sehr gut unter Kontrolle, oder die Frage erschien ihm tatsächlich völlig harmlos. Nein, irrelevant.

"Mini-Roboter?", wiederholte er, in fast gelangweiltem Tonfall. Immerhin schien er froh zu sein, dass Penny ihn nicht weiter zu seinem Liebesleben löcherte.

"Ja, genau. Winzige Drohnen, Nano-Maschinen für militärische Zwecke oder etwas Ähnliches."

Martin sah jetzt regelrecht verwirrt drein. "Ja, natürlich. Die Mikro- und Nanotechnologie gehören zu unseren lukrativsten Unternehmensfeldern, soweit ich weiß. Und das Waffengeschäft auch."

"Soweit Sie wissen?"

Er zuckte mit den Schultern. "Mutter hat einen Weltkonzern aufgebaut. Ein riesiges Konglomerat aus Firmen, Tochterunternehmen und Produktlinien, im zivilen wie im militärischen Bereich. Kaum jemand außer ihr selbst hat da noch den Gesamtüberblick, wenn Sie mich fragen. Und ich leite den Kundenservice in einer unserer zivilen Sparten. Im Fahrzeugbereich, wenn Sie es wissen wollen. Ich bin nicht so bewandert, was die Entwicklung und Produktion von Waffensystemen anbelangt. Aber wieso interessieren Sie sich überhaupt dafür?"

Penny blieb ihm die Antwort schuldig.

Was jetzt?, fragte sie sich. Sollte sie auf Konfrontationskurs gehen? Martin wirkte wie ein Mann, der sich ziemlich leicht einschüchtern ließ. Er mochte es nicht, wenn man ihn ins Kreuzverhör nahm, aber das traf wohl auf die meisten Menschen zu. Ansonsten jedoch schätzte Penny ihn weder als jähzornig, noch als übermäßig aggressiv ein. Abgesehen davon, dass er womöglich ein Mörder war.

Wenn du weiterkommen willst, musst du auch bereit sein, etwas zu riskieren, beschloss sie. Sie trat einen Schritt näher auf ihn zu, vergewisserte sich aber gleichzeitig, dass sie in der Nähe der Tür blieb. In Reichweite ihres Fluchtwegs.

Sie sah Martin fest in die Augen. "Wissen Sie, was ich glaube, Herr Salmann?", begann sie, indem sie einen bewusst provokanten Tonfall anschlug. "Sie kennen sich wesentlich besser aus in Ihrer Firma, als Sie zugeben. Sie haben sich eine geniale Waffe besorgt, einen Mini-Roboter, den Sie so adaptierten, dass er den Biss einer Giftspinne vortäuschen konnte, und haben damit Ihre beiden Brüder getötet. Vielleicht waren Jacques und Xavier Ihnen ja schon lange verhasst – womöglich gaben Sie den beiden auch die Schuld am Tod Ihres Vaters, was weiß ich. Oder Sie waren eifersüchtig, weil Jacques Ihrer Mutter das Geld einfach abschwatzte und Xavier von seinen Frauenbekanntschaften leben konnte, während Sie hart für Ihr Gehalt arbeiten mussten. Und das in einer nicht gerade prestigeträchtigen Funktion, so wie sich das für mich anhört. Außerdem macht Sie das Ableben Ihrer Brüder auch gleich zum Alleinerben, jetzt wo Ihre Mutter tot ist."

Als sie Martin Salmann diese letzte Anschuldigung an den Kopf warf, geschah etwas Unerwartetes.

Nachher, als alles vorbei war, musste Penny sich eingestehen, dass es mit ihrer Menschenkenntnis nicht weit her war.

Aber Fakt war auch, dass sie im gleichen Moment, in dem Martin Salmann auf sie losging, so etwas wie eine Vision hatte. Eine plötzliche und radikale Erkenntnis, dass sie diesen Mordfall von Anfang an ganz verkehrt herum betrachtet hatte. Und deswegen gegen eine Wand gelaufen war.

Martins Angriff erfolgte nur Sekundenbruchteile, nachdem sie mit ihren Anschuldigungen durch war. Von einem Moment auf den nächsten war der duckmäuserische Langeweiler verschwunden, und ein völlig neuer Mann an seine Stelle getreten. Einer, der Penny grob mit beiden Händen an den Schultern packte, sie schüttelte und sie anbrüllte. Seine Stimme war die eines völlig Fremden. "Du miese kleine Schnüfflerin", schrie er, "für wen hältst du dich eigentlich! Denkst du, ich lasse mich von dir –"

Weiter kam er nicht, denn in diesem Moment flog die Abteiltür auf, und herein stürmte Inspektor Moser. Sehr zu Pennys Erleichterung, wie sie sich eingestehen musste. Darauf, dass Martin sie tätlich angreifen würde, war sie nicht vorbereitet gewesen.

Bevor Martin ein weiteres Wort herausbrachte, hatte der junge Polizist ihn bereits von Penny weggerissen und mit der Brust voran gegen die Wand gedrückt.

Mit ein paar raschen Handgriffen, die hundertfach geübt wirkten, fixierte Jürgen Martins Arm in dessen Rücken und machte ihn kampfunfähig. Im nächsten Augenblick musterte er Penny mit einem besorgten Seitenblick. "Alles in Ordnung?"

Sie nickte unsicher.

Martin verwandelte sich ebenso schnell in den Duckmäuser zurück, wie er eben zum Berserker mutiert war. "Sie tun mir weh", stöhnte er, doch der Inspektor ließ nicht locker. Stattdessen warf er Penny einen weiteren Blick zu, diesmal einen fragenden, der nur eines heißen konnte: "Hat er die Morde gestanden?"

Penny schüttelte den Kopf. "Kann ich dich draußen sprechen?" Sie musste dringend ihre neue Erkenntnis mit Jürgen teilen.

Der Inspektor zögerte einen Augenblick, doch dann ließ er von Martin Salmann ab, der so rasch wie möglich auf die andere Seite des Raumes flüchtete. Er trollte sich auf das Sofa, ließ sich fallen und blickte Penny an. Da war noch Abneigung in seinen Augen, aber keine Spur mehr von jener gehässigen Wut, die eben aus dem sonst so unauffälligen Mann herausgebrochen war.

"Sie bleiben hier und verhalten sich ruhig", befahl ihm Jürgen. Woraufhin Martin unterwürfig nickte.

Penny wandte sich ab und trat auf den Gang hinaus. Der Inspektor folgte ihr.

26.

6.30 Uhr

Sie liefen den Gang entlang, bis zum Ende des Waggons, dann stellte der Polizist Penny zur Rede.

"Ich habe dir doch gesagt, dass das Wahnsinn ist!", fuhr er sie an, doch in seiner Stimme lag mehr Sorge als Wut. "Zum Glück war ich gerade zufällig in der Nähe und habe den Kerl brüllen gehört. Wer weiß, was er dir sonst angetan hätte."

"Ich glaube, ihm ist nur eine Sicherung durchgegangen", sagte Penny. Sie vermutete stark, dass der Inspektor die ganze Zeit über *zufällig* in der Nähe gewesen war. Vermutlich war er ihrem Vorschlag, sich einmal die hinteren Waggons vorzunehmen, nicht gefolgt, und hatte sich stattdessen bereitgehalten, ihr im Notfall beizustehen.

Was Penny sehr romantisch fand, auch wenn sie nicht vorhatte, sich das einzugestehen. "Ich habe Martin ein paar üble Vorwürfe an den Kopf geworfen", fügte sie rasch hinzu, um nicht vor Verlegenheit – oder vor Rührung? – rot anzulaufen. "Und dabei habe ich vermutlich den Finger in die eine oder andere Wunde gelegt."

Jürgen Moser sah sie wortlos an, und für ein paar Augenblicke legte sich eine bedeutungsvolle Stille zwischen sie.

"Mir ist eine Erkenntnis gekommen", brach Penny schließlich das Schweigen. "Vorhin, als Martin auf mich losging. Ich hatte ihn gerade beschuldigt, dass er seine Brüder und seine Mutter getötet hat, um sich die Firma unter den Nagel zu reißen."

Jürgen nickte, schien ihr aber nicht so recht zuzuhören. Da lag etwas in seinen Augen, das nichts mit dem Mordfall zu tun hatte. In seinen sehr schönen, tiefgründigen Augen, wie Penny nicht zum ersten Mal feststellte.

Sie zwang sich, seinen Blick zu ignorieren. Genau wie das warme Gefühl, das sich dabei in ihrem eigenen Brustkorb breitmachte. Schluss mit Flirten, sie hatte einen Mordfall zu lösen! Sie war endlich auf etwas Greifbares gestoßen, das sie weiterbringen würde. Hoffentlich.

"Was, wenn wir die Morde in der falschen Reihenfolge betrachtet haben?", sagte sie zu Jürgen, wobei sie jedes einzelne Wort betonte, um der Frage das nötige Gewicht zu verleihen.

Der Inspektor blinzelte. Dann rieb er sich mit der rechten Hand über sein Kinn, und das Glimmen in seinen Augen erlosch. Wieder ganz im Tonfall eines Polizisten fragte er: "Was meinst du damit? Die Reihenfolge der Morde steht doch eindeutig fest, oder etwa nicht? Erst wurde Xavier getötet, dann Jacques und anschließend die Mutter – weil sie zu viel wusste. So hast du es mir jedenfalls berichtet. Stimmt daran etwas nicht?"

"Nein ... Das heißt, doch."

Jürgen sah sie verwirrt an.

"Ich meine, natürlich starben sie in dieser Reihenfolge. Daran ist nicht zu rütteln. Aber was, wenn Madeleine nicht deswegen ermordet wurde, weil sie etwas gesehen hatte? Was, wenn wir das nur glauben sollten, und sie in Wahrheit gar keine unerwünschte Zeugin des Verbrechens war?"

"Sondern?", fragte Jürgen.

"Sondern das eigentliche Opfer! Das würde doch ein ganz

neues Licht auf die Sache werfen. Ich kann keinen wirklich stichhaltigen Grund finden, warum einer unserer vier Verdächtigen die beiden Brüder töten wollte. Bei Madeleine hingegen, da läge das Motiv auf der Hand."

Der Inspektor schüttelte den Kopf. "Das ist in etwa so wie in dieser Geschichte, wo ein Mann seine Hausschlüssel nachts auf der Straße verliert und dann im Schein der Straßenlaterne danach sucht. Nicht, weil er sie genau an der Stelle verloren hat, sondern weil es dort hell ist, und er besser sehen kann. Du kannst doch nicht einfach aus Madeleine das eigentliche Opfer machen, nur weil sich für ihre Ermordung ein Motiv finden lässt."

"Verstehst du denn nicht", ereiferte sich Penny, "vielleicht war das genau die Strategie des Mörders! Eine geniale Verschleierungstaktik. Er tötete Madeleine absichtlich zum Schluss und ließ es aussehen, als habe er mit dieser Tat bloß eine Zeugin zum Schweigen gebracht. So konzentrierten wir uns auf die beiden anderen Morde, die er zuerst begangen hat – und wären niemals auf das richtige Motiv gekommen."

"Und wo kein Motiv ist, da führt auch keine Spur zum Mörder", sagte Jürgen langsam. Endlich schien er zu begreifen.

Penny nickte. "Der Mörder hat einen Fehler begangen, indem er Madeleine mit dem Steakmesser aus dem Restaurant tötete. Das hat mir schon die ganze Nacht über keine Ruhe gelassen. Wie wir festgestellt haben, kann er sich diese Waffe nicht spontan, kurz vor der Tat, besorgt haben."

"Sprich, der Mord an Madeleine war schon eine Weile davor geplant", vollendete Jürgen ihren Gedankengang.

"Genau. Das ist die einzig logische Erklärung. Irgendwie war mir das zwar klar, aber ich habe die ganze Nacht lang nicht begriffen, was das wirklich bedeutet. Erst vorhin, als Martin auf mich losging, da sah ich es plötzlich ganz deutlich vor mir."

"Eine spontane Eingebung im Augenblick der Gefahr? Weibliche Intuition?" Jürgen verzog die Mundwinkel und seine Oberlippe kräuselte sich. Machte er sich über sie lustig?

"Nenn es, wie du magst", gab sie zurück, "ich glaube, ich bin darauf gekommen, als mir klar wurde, dass die drei Morde der heutigen Nacht Martin zum Alleinerben von Madeleines Unternehmen machten. Wenn man sie als drei *geplante* Morde betrachtet, ist das offensichtlich - und nicht als zwei geplante plus einer spontanen Zeugenbeseitigung."

Jürgen erhob keine weiteren Einwände, und so fuhr sie fort: "Madeleines Erbe, das war das Motiv! Sie musste sterben, weil sie die Firma verkaufen wollte - anstatt Martin zu ihrem Nachfolger zu machen. Ihr Konzern ist milliardenschwer, und ihn zu leiten, kann gut der Lebenstraum eines sehr ehrgeizigen Menschen sein. Das ist doch nachvollziehbar, oder? Wer so einem Unternehmen vorsteht, der hat es geschafft, der wird respektiert und bewundert und kann seine kühnsten Träume verwirklichen."

"Und die zwei Brüder?", warf Jürgen ein, warum wurden die beiden ermordet? Du willst mir doch hoffentlich nicht einreden, nur um den Mord an der Mutter zu verschleiern?"

"Nein, die mussten auch sterben, aber sie waren eben nur Nebenfiguren, nicht die Hauptziele des Mörders. Die beiden sprachen sich auch für einen Verkauf des Unternehmens aus. Es reichte also nicht, die Mutter zu töten, denn nach ihrem Tod hätten Xavier und Jacques zwei zu eins gegen

Martin gestimmt, und die Firma wäre erst recht verscherbelt worden."

"Somit ist also Martin unser Täter?"

Penny antwortete nicht gleich. "Hm", sagte sie dann, "bis vor einer halben Stunde hätte ich ihm keinerlei aggressives Potenzial zugetraut. Aber da habe ich mich ganz offensichtlich getäuscht."

Jürgen brummte etwas Unverständliches. Es war ihm anzusehen, dass er die riskante Befragungsaktion, die Penny auf eigene Faust unternommen hatte, im Nachhinein nicht guthieß. Weder als Polizist, noch als Privatmann.

"Dieses Verbrechen ist viel komplexer, als es zunächst den Anschein hatte", fuhr Penny fort. "Das sehe ich jetzt. Fassen wir einmal zusammen, wo wir stehen: Wenn ich recht habe, so war der Mord an Madeleine von Anfang an geplant, und die Reihenfolge wurde absichtlich auf den Kopf gestellt, um das Motiv zu verschleiern. Die Giftspinne, die wir gejagt haben, hat niemals existiert. Die vermeintlichen Spinnenbisse wurden Xavier und Jacques mit Hilfe eines Mini-Roboters beigebracht. Direkt unter unserer Nase. Es brauchte eine gute Portion Intelligenz und technisches Verständnis für diese Morde. Und jede Menge Risikobereitschaft, gerade was die Ermordung Madeleines anbelangt. Das Zeitfenster dafür war winzig und das Risiko, entdeckt zu werden, extrem hoch."

"Und das alles traust du Martin Salmann nicht zu", sagte der Inspektor. Es war mehr eine Feststellung als eine Frage.

Penny hob die Schultern. "Du?", gab sie zurück.

"Ich hatte noch kaum Gelegenheit, mir ein näheres Bild von ihm zu machen. Aber wenn ich nach deinen

Schilderungen gehe, nicht wirklich. Er hat sich zwar offensichtlich nicht unter Kontrolle, wenn man bedenkt, wie er vorhin auf dich los gegangen ist, aber die Morde wurden eindeutig nicht im Affekt verübt. Soviel ist sicher."

"Das sehe ich auch so. Und da ist noch etwas: Wenn Martin zum Abteil seiner Mutter gelaufen wäre, um sie zu ermorden, innerhalb der kurzen Zeitspanne, in der Schneiders bei mir war, dann hätte er dort seiner Ehefrau begegnen müssen."

"Dann ist wohl doch eher Erika unsere Mörderin?", fragte der Inspektor.

"Ich habe einen Verdacht", sagte Penny langsam. "Aber nicht den Hauch eines Beweises. Ich denke, wir müssen ein kleines Experiment durchführen – wenn du es mir erlaubst."

Jürgen war sofort auf der Hut. "Was denn für ein Experiment?", fragte er argwöhnisch.

"Ich möchte mich noch einmal mit Christiane Schneiders unterhalten."

"Der Sekretärin?"

"Ja. Aber diesmal in deiner Anwesenheit."

Jürgen schüttelte energisch den Kopf. "Das haben wir doch schon besprochen. Das geht auf gar keinen Fall. Es könnte mich –"

"Ja, schon gut", fiel ihm Penny ins Wort. "Es könnte dich deinen Job kosten. Aber wenn mein Experiment gelingt, so kannst du deinen Kollegen von der Kripo einen gelösten Fall präsentieren. Und einen verdammt cleveren Mörder. Wäre das nichts?"

27.

6.43 Uhr

Jürgen Moser folgte Penny in den vorderen Waggon zum Abteil der Sekretärin. Er ließ sich nicht anmerken, welches Chaos in seinem Kopf herrschte, wie aufgewühlt seine Gedanken durcheinander tobten.

Was tat er hier bloß? Er ließ sich völlig einwickeln von dieser Penny, so viel war offensichtlich. Schon auf ihren Vorschlag, die Verdächtigen allein zu befragen, hätte er niemals eingehen dürfen. Auf die sogenannte *informelle Plauderei unter Zivilisten*, wie sie das auf ihre unnachahmliche Art ausgedrückt hatte.

Gut nur, dass er in der Nähe geblieben war, anstatt ihrem Vorschlag zu folgen und die hinteren Waggons zu inspizieren. Diese Frau durfte man nicht allein lassen. Sie war zu mutig für ihre eigene Gesundheit. Zu abenteuerlustig, zu verrückt.

Und nun war er drauf und dran, seine Karriere für sie aufs Spiel zu setzen. Natürlich hatte sie ihm kein Wort über das Experiment verraten, das sie plante. Und natürlich wollte er den Fall lösen. Ein paar Lorbeeren, ein Lob seiner Vorgesetzten, das würde seiner jungen Karriere fraglos gut tun. Aber allein deswegen hätte er Pennys Bitte niemals zugestimmt. Ihrem geheimnisvollen Experiment, das den Mörder entlarven sollte.

Er befühlte die Dienstwaffe an seinem Gürtel. Er musste auf der Hut sein, sie beschützen, diesen rothaarigen

Wirbelwind, wenn sie sich wieder Hals über Kopf in eine lebensgefährliche Situation hineinmanövrierte – ohne auch nur einen Gedanken an die möglichen Risiken zu verschwenden.

Was für eine Frau. Sie hatte etwas extrem Überzeugendes, etwas, das einen mitriss, ob man es wollte oder nicht. Sie erinnerte ihn an eine ganz große Heldin seiner Kindheit: Pippi Langstrumpf. Das flammenrote Haar. Die Sommersprossen, auch wenn es nur wenige waren. Die freche Stupsnase. Die Art, wie sie stets Rat zu wissen schien und die Initiative übernahm.

Das war natürlich lächerlich. Er war kein kleiner Junge mehr, sondern ein erwachsener Mann, ein Polizist, wie er es sich immer erträumt hatte. Und dafür hatte er hart gearbeitet. Die Ausbildung war wahrlich kein Honigschlecken gewesen.

Und dennoch war diese Penny wie Pippi. Wild, ungestüm, brachial, abenteuerlustig, und ganz und gar eigenwillig. Sie ließ sich nicht unterkriegen, war scheinbar furchtlos. Und sie kümmerte sich nicht um Vorschriften. Man musste sie schon bewundern. Heimlich natürlich.

Er lächelte in sich hinein, während er ihr den Gang entlang folgte. Zielstrebig steuerte sie die Kabine der Sekretärin an und öffnete, ohne anzuklopfen, die Tür.

Das Abteil war leer.

Penny drehte sich um und sah ihn irritiert an. "Ich habe Schneiders gebeten, hier zu bleiben", sagte sie und klang dabei wie eine Oberlehrerin, die es nicht fassen konnte, dass man sich ihren Anordnungen widersetzte. Ihre Stupsnase zuckte ein wenig, und mit einem Mal wirkte sie nervös. Sie lief ein Stück des Weges zurück, den sie gekommen waren, und riss dabei jede Abteiltür auf.

Sie brauchten nicht lange zu suchen. Die Sekretärin fand sich im vordersten Abteil des zweiten Waggons – wo sich auch die Verlobte von Jacques Salmann und der Arzt, Dr. Stiller, aufhielten.

Schneiders saß neben Louise auf dem Sofa und trank Tee. Die beiden Frauen wirkten müde, aber ruhig, der Arzt machte einen dienstbeflissenen Eindruck – und fand eindeutig Gefallen and der trauernden Verlobten. Für so etwas hatte Jürgen einen Blick.

Gut, diese Louise war auch eine ausnehmend attraktive Frau. *Aber kein Vergleich zu Penny*, sagte er sich. Und schalt sich im nächsten Moment einen Narren. Er durfte nicht zulassen, wie diese Frau seine Gedanken vereinnahmte.

Aufmerksam sah er sich im Abteil um und bezog dann Position direkt neben der Tür. Damit blieb er ein paar Schritte hinter Penny zurück, die munter zum Sofa hinübermarschierte und sich dort vor den Anwesenden aufbaute wie eine Staatsanwältin im Gerichtssaal.

Sie wandte sich der Verlobten von Jacques Salmann zu und sagte in gemessenem Tonfall: "Der Fall ist geklärt. Martin Salmann hat Ihren Verlobten getötet. Ebenso wie seinen anderen Bruder und seine eigene Mutter."

Louise riss den Mund auf, suchte den Blick des Arztes, der ihr schützend seine Hand auf den Arm legte, dann brach sie in Tränen aus. "Aber ... warum", stammelte sie. "Warum hat er das getan?"

Die Sekretärin, die neben Louise auf dem Sofa saß, stellte mit lautem Klirren ihre Teetasse ab. Sie wirkte nicht minder erschrocken, hatte sich aber weitaus besser als Jacques´ verwitwete Braut im Griff. "Das glaube ich niemals", sagte sie in scharfem Tonfall zu Penny. "Sie müssen sich irren. Herr Salmann ist ganz bestimmt kein Mörder."

"Ich hätte es ihm auch nicht zugetraut, aber dennoch ist es so", gab Penny zurück.

Schneiders verkniff die Lippen. "Ich sage Ihnen, Sie irren sich! Das Verhältnis zwischen ihm und seinen Brüdern war zwar nicht das allerbeste, aber welchen Grund sollte er gehabt haben, die beiden zu ermorden?"

"Oh, es ging bei diesem Mord gar nicht in erster Linie um die Brüder", sagte Penny leichthin. Als wolle sie ihre Zuhörer bloß an das ohnehin Offensichtliche erinnern.

"Sondern?", fragte Louise schniefend.

Jürgen trat einen Schritt vor, um alles besser mitzubekommen. Er wollte kein Detail verpassen und zwang sich, die Mimik der beiden Frauen auf dem Sofa intensiv zu studieren. Früher hatte er auf so etwas nie geachtet, aber seit seiner Polizeiausbildung wusste er, wie wichtig es war, die menschliche Körpersprache richtig lesen zu können.

Bloß, worauf wollte Penny mit ihrer Behauptung hinaus? Zuvor, bei ihrem Gespräch auf dem Gang, hatte sie noch Zweifel angemeldet, ob Martin Salmann wirklich der Täter war. Und jetzt behauptete sie es im Brustton der Überzeugung?

"Das eigentliche Opfer war Madeleine", sagte Penny, wobei sie sich wieder Schneiders zuwandte und Louise scheinbar ignorierte. "Und Martin Salmann hat das Verbrechen gestanden."

Selbst aus seiner Entfernung konnte Jürgen sehen, wie

sich die Pupillen der Sekretärin bei diesen Worten weiteten.

Gestanden? Was zum Teufel erzählte Penny da? Sie warf ihm einen kurzen Blick über ihre Schulter zu, den Jürgen nicht deuten konnte, dann fuhr sie fort – erneut an die Assistentin gewandt: "Er hat ein volles Geständnis abgelegt, aber vermutlich haben Sie Recht, Schneiders. Ich denke auch nicht, dass er wirklich unser Mörder ist. Ich bin mir ziemlich sicher, er schützt seine Frau."

"Seine Frau?", echote Schneider. Ihre Pupillen wurden noch etwas größer.

Penny nickte. "Ja. Ich habe ihn nämlich kaum eine halbe Stunde vor seinem Geständnis zufällig dabei beobachtet, wie er sie in seine Arme zog und ihr seine bedingungslose Liebe beteuerte. Nicht sehr höflich von mir, die beiden zu bespitzeln, aber die Abteiltür stand einen Spalt weit offen, und ich brachte es einfach nicht über mich, diese Einladung zu ignorieren. Ich fürchte, ich bin eine schrecklich neugierige Frau."

Sie zuckte mit ihren Schultern. Dann fuhrt sie fort: "Wie auch immer. Martin versprach seiner Frau, dass alles gut werden würde, dass er sie beschützen würde, komme was wolle. Unglaublich, dass es so etwas heutzutage noch gibt, finden Sie nicht? So eine bedingungslose Liebe, dass man dafür sogar bereit ist, eine lebenslange Haftstrafe auf sich zu nehmen." Sie seufzte auf, scheinbar tief berührt, obwohl Jürgen sich ziemlich sicher war, dass sie das nur schauspielerte.

Louise schmiegte sich an die Schulter des Doktors, der ihr nur allzu gerne Trost spendete, Schneiders hingegen saß stocksteif da und sah aus wie eine Salzsäule.

Penny redete weiter, noch immer im scheinbar beifälligen Plauderton: "Ich denke, am Ende wird aber doch Erika verurteilt werden. Eine Giftspinne als Mordwaffe einzusetzen, war ein Fehler. Martin hat von diesen Tieren keine Ahnung, Erika hingegen schon, wie sich herausgestellt hat."

Auf der Stirn der Sekretärin zeichnete sich eine tiefe Falte ab. Sie schien angestrengt über Pennys Worte nachzudenken. "Wissen Sie", begann sie, nachdem ein paar Sekunden verstrichen waren, "vielleicht hat Herr Salmann doch nicht aus Liebe gestanden. Vielleicht hat doch er –" Sie zögerte.

"Ja?", ermunterte Penny sie.

"Vielleicht hat doch er die Morde begangen. Ich frage mich schon den ganzen Abend, ob die Spinne wirklich eine Spinne war."

"Ich fürchte, ich kann Ihnen nicht folgen", sagte Penny. Was gelogen war, wie Jürgen wusste, denn sie beide hatten die Spinnenhypothese auch längst verworfen.

Schneiders stand auf, wie von einem plötzlichen Impuls getrieben, sich ein wenig die Füße zu vertreten, und begann, im Raum auf und ab zu gehen. Dabei wirkte sie tief in Gedanken versunken.

28.

6.55 Uhr

"Haben Sie denn eine bessere Idee, wie die Morde begangen wurden?", wandte Penny sich an die Sekretärin. Jürgen hatte noch immer nicht den geringsten Schimmer, was für ein Spiel sie hier eigentlich spielte.

"Möglicherweise", sagte Schneiders. "Ich kann mir nicht vorstellen, wie der Mörder ein lebendes Gifttier so zielgenau eingesetzt haben soll. Ich denke, er hat sich stattdessen eines Produktes unserer Firma bedient." Sie deutete auf den Robo-Steward, der in einer Ecke des Abteils parkte. Jürgen war die kleine Maschine bis jetzt gar nicht aufgefallen.

"Wir erzeugen auch wesentlich kleinere Roboter", sagte die Sekretärin. "Bis hinunter in den Nano-Bereich. Das ist ein großer Trend in der Waffenindustrie, müssen Sie wissen. Ferngesteuerte oder sogar autonome Kampfroboter. Und das gepaart mit Miniaturisierung. Mechanische Soldaten, die kein Leben zu verlieren haben, keinen Schlaf brauchen – und im Falle der Mikro- und Nanoroboter auch noch so klein sind, dass sie so gut wie unsichtbar agieren können. Vielleicht hat Martin sich anstelle einer Giftspinne so einer Waffe bedient. Der Adaptierungsbedarf wäre bestimmt minimal gewesen."

Penny stieß einen Laut des Erstaunens aus, dann stellte sie Schneiders all die Fragen, die Jürgen ihr längst beantwortet hatte. Was bedeutete Nano? Wie klein konnten die Kampfroboter tatsächlich werden? Wie konnten sie sich autonom bewegen und handeln? Und so weiter.

Die Assistentin gab bereitwillig Auskunft, wesentlich detaillierter, als Jürgen dazu in der Lage gewesen war.

"Ihr technisches Know-how ist wirklich beeindruckend, Schneiders, das muss man Ihnen lassen", sagte Penny am Ende. "Wo Sie doch lediglich Madame Salmanns Assistentin waren. Ihre Chefin hätte Sie mindestens zu einer Abteilungsleiterin machen sollen – dann wäre sie jetzt vielleicht noch am Leben."

Mit diesen Worten wandte Penny sich plötzlich Jürgen zu und lächelte ihn triumphierend an. "Bitte sehr", verkündete sie in bühnenreifem Tonfall. "Damit haben wir jetzt Motiv, Gelegenheit *und* auch das nötige technische Know-how, alles in Frau Schneiders vereint. Darf ich vorstellen: Hier ist unsere Mörderin."

Die Sekretärin riss den Kopf hoch und starrte ungläubig in Pennys Richtung. Dann lachte sie kehlig. "Wirklich sehr originell, Frau Küfer, aber ich fürchte, ich kann das nicht lustig finden."

"Oh, ich scherze nicht", gab Penny zurück, jetzt mit ganz ernster Stimme. "Sie sind die einzige in diesem Zug, die alle Anforderungen an den Mörder erfüllt. Ich habe viel zu lange gebraucht, um das zu begreifen, aber, na ja, besser spät als nie, schätze ich. Sie kennen sich mit den Kampfrobotern Ihrer Firma gut aus. Sie haben eine dieser Mini-Maschinen adaptiert, sodass sie einen Spinnenbiss vortäuschen konnte. Außerdem hatten Sie die Gelegenheit, Madeleine zu töten. Die Geschichte, dass sie mich sprechen wollte, weil sie einen Verdacht hegte oder etwas gesehen hatte, war frei erfunden. Sie haben sich am frühen Abend im Restaurant ein

Messer angeeignet und damit haben Sie Ihre Chefin ermordet, *bevor* Sie in mein Abteil kamen. Sie haben außerdem von Madeleines Telefon Erika angerufen und gleich wieder aufgelegt. So haben Sie sie in Madeleines Abteil und damit an den Tatort gelockt und den Verdacht auf sie gelenkt. Sehr geschickt eingefädelt, das muss ich Ihnen lassen."

"Sie sind ja verrückt", zischte die Sekretärin.

"Das war ein wichtiger Bestandteil Ihres Plans", fuhr Penny, scheinbar ungerührt, fort. "Dass der Verdacht auf Martins Ehefrau fallen würde. *Deshalb* sind Sie auf die Idee mit der Giftspinne gekommen. Weil Sie wussten, dass Erikas erster Mann durch einen Spinnenbiss ums Leben gekommen war. Erika hat mir versichert, dass niemand innerhalb der Familie von diesem Vorfall Kenntnis hatte, und Martin hat mir das Gleiche beteuert. Ihm allerdings konnte ich ansehen, dass er log. Er hatte jemandem von Erikas Vergangenheit erzählt, einem Menschen, dem er bedingungslos vertraute: seiner Geliebten. Und das sind Sie, Schneiders."

Jürgen traute seinen Ohren nicht. Martin Salmann und die Assistentin? Darauf wäre er im Leben nicht gekommen. Gut, auf den zweiten Blick war diese Schneiders eine durchaus attraktive Frau, auch wenn sie sich sehr streng und nüchtern kleidete. Und Erika Salmann war auch nicht eben eine Märchenprinzessin. Von Martin selbst ganz zu schweigen.

Penny redete weiter, ohne Schneiders Zeit für weitere entrüstete Einwürfe zu geben. "Martin wird uns sicher bestätigen, dass er Ihnen von Erikas Vergangenheit erzählt hat. Und dass Sie seine Geliebte sind."

"So ein Unsinn", rief die Assistentin. "Er hat doch die Morde gestanden. Er ist der Täter!"

Penny winkte ab. "Das habe ich doch bloß erfunden, um Sie ein wenig aus der Reserve zu locken. Ich dachte mir, wenn ich behaupte, dass er aus Liebe zu seiner Ehefrau das Verbrechen gestanden hat, so würden Sie ihn bestimmt dafür hassen – und sich auf der Stelle rächen wollen. Wozu ich Ihnen – nett wie ich bin – auch gleich die Gelegenheit gab."

Pippi, nein Penny, verschränkte die Arme vor der Brust. "Und Sie haben diese Chance genutzt. Zuerst haben Sie versucht, Martin zu verteidigen. Sie haben sich wirklich ins Zeug geworfen, mich von seiner Unschuld zu überzeugen. Erstens, weil Sie ihn lieben, und zweitens, weil es ja genau ihrem Plan entsprach, die Morde seiner Ehefrau anzuhängen. Aber dann, als ich die Liebesszene zwischen ihm und Erika erfunden habe, änderten Sie Ihre Meinung. Von einer Sekunde auf die nächste. Sie fühlten sich von ihm verraten, nicht wahr? Sie hassten ihn dafür, dass er seine Frau offensichtlich doch liebte, sogar so sehr, dass er für sie eine lebenslange Haftstrafe auf sich nehmen wollte. Und Sie sahen ein, dass Ihr genialer Mordplan gescheitert war."

"So ein Schwachsinn!", warf Schneiders ein. Ihr Gesicht verzerrte sich zu einer hasserfüllten Fratze.

Doch Penny sprach weiter. Immer schneller kamen die Worte aus ihrem Mund. "Sie wollten sich an ihm rächen, indem Sie nun alles taten, um ihm das Verbrechen anzuhängen. *Ihr* Verbrechen. Plötzlich hielten Sie es doch für möglich, dass er die Morde begangen hat. Ja, Sie haben mir sogar netterweise geholfen, indem Sie mir erklärten, wie er dabei vorgegangen sein muss. Indem er einen der teuflischen Mini-Roboter Ihrer Firma nutzte. Dumm nur, dass Sie damit Ihre eigenen Kenntnisse auf diesem Gebiet unter

Beweis gestellt haben. Aber sagen Sie mir doch, Schneiders, was hat Martin Ihnen versprochen, als Sie seine Geliebte wurden? Dass er sich von Erika scheiden lassen würde? Um Sie zu heiraten?"

Diesmal blieb Schneiders stumm, aber Jürgen konnte ihr ansehen, dass Penny ins Schwarze getroffen hatte. Ihre Lippen zitterten leicht, ihre Wangen waren rot vor Zorn. Das mit der menschlichen Körpersprache war wirklich eine feine Sache.

"Die Charade, die Sie uns allen heute Nacht vorgespielt haben, war wirklich gelungen", fuhr Penny fort und ließ die Assistentin dabei nicht aus den Augen. "Ein bühnenreifes Theaterstück. So perfekt inszeniert, dass Sie uns alle von Anfang an getäuscht haben. Die vertauschte Reihenfolge der Morde, erst die Brüder, dann die Mutter, die scheinbar nur starb, weil sie eine lästige Zeugin war. Die vermeintlichen Spinnenbisse, die Pillendose mit dem Loch, die Sie Erika in die Handtasche geschmuggelt haben – und dazu noch ganz spontan der scheinbar so überraschte Blick, den Sie Ihrer Rivalin beim Dinner zugeworfen haben. Kombiniert mit der späteren Behauptung, sie hätte eine Pillendose aus der Tasche gezogen. Was natürlich nicht der Fall war, denn Erika wusste gar nichts von dieser Dose. Vielleicht haben Sie sie ihr sogar erst später in die Tasche geschmuggelt. Wie auch immer. Ich bin jedenfalls voll naiv auf dieses Spielchen eingestiegen und habe Sie später auf Ihren seltsamen Blick angesprochen. Womit ich Ihnen die Gelegenheit gab, den Verdacht auf Erika zu lenken. Ihre verhasste Nebenbuhlerin."

29.

7.08 Uhr

"Sie sind nicht halb so schlau, wie Sie glauben", sagte Schneiders abfällig zu Penny. Ihr Mund war jetzt eine harte Linie und Jürgen bemerkte, wie Sie mehrfach in Richtung der Abteiltür schielte. Aber sie hatte keine Chance, sie würde nicht an ihm vorbeikommen, sollte sie einen Fluchtversuch wagen.

"Vielleicht bin ich nicht so schlau wie Sie, Schneiders", erwiderte Penny, "aber im Unterschied zu Ihnen bin ich dafür auch keine Psychopathin, die rücksichtlos Menschen ermordet, nur um ihre Ziele zu erreichen."

"Was denn für Ziele?", schaltete Jürgen sich ein. Er hatte sich eigentlich vorgenommen, Penny ungestört ihr Ding durchziehen zu lassen, ihr sogenanntes kleines Experiment, das er noch immer nicht gänzlich durchschaute.

Doch jetzt hielt er es nicht mehr aus. Er musste endlich wissen, warum sie plötzlich Schneiders die Morde auf den Kopf zusagte – und dabei so selbstsicher auftrat, als hätte sie nicht die geringsten Zweifel an der Schuld der Sekretärin. Oder war das auch nur Show, um Schneiders zu einem Geständnis zu bewegen?

Jürgen konnte sehen, wie Penny von einem Fuß auf den anderen trat, ein Moment der Unsicherheit, doch im nächsten war sie bereits wieder Pippi Langstrumpf, seine Heldin, die sich nicht unterkriegen ließ.

Sie blickte kurz über ihre Schulter zu ihm herüber und

schenkte ihm ein herzliches, wenn auch ziemlich nervöses Lächeln. "Die Ziele, die Schneiders verfolgte, waren super ehrgeizig", erklärte sie ihm, mit einem Seitenblick auf die Assistentin. "Sie wollte alles auf einmal: Martin für sich haben und Madeleines Firma."

"Die Firma?" Diese Zwischenfrage kam von Dr. Stiller, dem es wohl gerade ähnlich erging wie Jürgen selbst. Bestimmt traute auch er seinen Ohren nicht, welch scheinbar verrückte Behauptungen Penny da aufstellte.

Jürgen pflichtete dem Arzt bei. "Warum sollte eine Sekretärin die Firma ihrer Chefin für sich beanspruchen? Ich lasse mir ja einreden, dass sie Martin für sich wollte und von mir aus auch sein Erbe. Madeleine war eine alte Dame, die in nicht allzu ferner Zukunft eines natürlichen Todes gestorben wäre – und Martin stand ein riesiges Vermögen in Aussicht, selbst wenn er mit seinen Brüdern hätte teilen müssen."

"Ich bin und war nie die Geliebte dieses Mannes!", fuhr Schneiders dazwischen. "Ich verbitte mir diese Verleumdung!"

"Ihr ging es nicht ums Geld", sagte Penny, die den Einwurf ignorierte. "Das heißt, nicht nur. Ich denke, sie wollte viel mehr. Sie wollte an die Spitze eines der visionärsten Unternehmen weltweit. Sie sehnte sich nach einer Position, die ihren geistigen Gaben und ihrem Fleiß angemessen war. Zumindest in ihren eigenen Augen. Ihre Chefin sah das leider anders. "

Sie wandte sich Schneiders zu. "Ich versuche mal, mich in Sie hineinzuversetzen. Sie sind eine hochintelligente Frau, mit exzellenten technischen Fachkenntnissen, und seit vielen Jahren Madeleines Assistentin. Praktisch rund um die Uhr. Und wie dankte sie es Ihnen? Sie behandelte sie fast wie eine Leibeigene, nicht wahr? Anstatt zu erkennen, dass Sie sich zu Höherem berufen fühlten. Hier bin ich auf Mutmaßungen angewiesen, aber bestimmt haben Sie das eine oder andere Mal versucht, Karriere zu machen, Madeleine dazu zu bewegen, Ihnen eine Abteilung zu übertragen oder etwas Ähnliches. Sie jedoch wollte nichts davon wissen – entweder, weil sie Ihr Talent nicht sah, oder aus ganz egoistischen Motiven: weil sie auf ihre superfähige Assistentin nicht verzichten wollte. Und dann verliebten Sie sich in Martin – vielleicht, weil er wie Sie stets nur im Schatten von Madeleine stand?"

Schneiders verzog keine Miene.

"Nun, wie auch immer. Jedenfalls sahen Sie plötzlich die Chance, ganz nach oben zu kommen, ja sogar selbst die Firma zu übernehmen, indem Sie Martin heirateten und seine Mutter aus dem Weg räumten. Er würde zwar rechtlich gesehen der Firmen-Eigentümer sein, aber Ihnen bestimmt nur zu gerne die Führung überlassen, wenn Sie erst einmal seine Ehefrau wären. Martin hat weder große berufliche Visionen, noch den nötigen Grips, einen führenden Technologiekonzern zu leiten. Sie hingegen trauten sich das offensichtlich problemlos zu. Nur ein paar lästige Familienmitglieder standen Ihren Ambitionen im Wege."

"Muss ich mir das anhören?", wandte sich Schneiders an Jürgen. "Das ist doch üble Nachrede! Für wen hält diese Frau sich eigentlich, dass sie sich hier zur großen Anklägerin aufspielt?"

Letztere Frage war berechtigt, das wusste Jürgen nur zu

gut. Aber jetzt gab es kein Zurück mehr. Er betete nur, bei allem, was ihm heilig war, dass Penny sich nicht irrte. Dass sie wusste, was sie tat. Dass Schneiders am Ende wirklich schuldig war, und das auch bewiesen werden konnte. Ansonsten ... Nein, daran wollte er lieber nicht denken.

"Sprechen Sie weiter, Frau Küfer", sagte er in förmlichem Ton zu Penny, anstatt auf Schneiders´ Beschwerde einzugehen.

Was sich Penny nicht zweimal sagen ließ. Erneut nahm sie die Assistentin in die Mangel und setzte ihre Anklage fort: "Ihnen sind bei Ihrem genialen Plan nur wenige Fehler unterlaufen. Der größte war vielleicht, dass Sie Erika unterschätzt haben. Sie fand nämlich heraus, dass ihr Mann eine Affäre hatte, innerhalb seiner Firma, auch wenn sie nicht wusste, dass *Sie* seine Geliebte waren. Mit diesem Puzzle-Stück, das Erika mir lieferte, ergab plötzlich alles einen Sinn. Sie waren die einzige weibliche Firmenmitarbeiterin unter den Mordverdächtigen. Und mir war plötzlich klar, warum Erika mit den Verbrechen belastet werden sollte. Wenn sie als Mörderin verurteilt worden wäre, so hätte Martin sich bestimmt von ihr scheiden lassen. Und der Weg wäre für Sie freigeworden. Deshalb haben Sie, anstatt einfach drei Unfälle zu inszenieren, nur zwei vorgetäuscht und dann einen eindeutigen Mord angehängt. Unfälle hätten Sie Erika ja nicht gut anhängen können. Wirklich kühn, muss ich sagen, drei Fliegen mit einer Klappe. Die Firmeneigentümerin, die das Unternehmen verkaufen wollte, ist aus dem Weg, ebenso wie die beiden Brüder, die auch für den Verkauf waren und Martin niemals allein die Unternehmensleitung übertragen hätten. Und Martin würde sich scheiden lassen und stattdessen Sie heiraten. Das war Ihr Plan, nicht wahr?"

Schneiders ließ sich zu keiner Antwort herab. Jetzt, wo sie wohl eingesehen hatte, dass sie von Jürgen keine Unterstützung erwarten konnte, starrte sie betont gelangweilt aus dem Wagenfenster. Hinaus in die undurchdringliche Schneewüste.

"Aber Sie haben noch einen weiteren Fehler begangen", fuhr Penny fort. "Ich habe mich die ganze Nacht lang gefragt, warum der Mörder Madeleine mit einem Messer tötete, anstatt noch ein drittes Mal seine Spinne zum Einsatz zu bringen. Damit outete er sich als Mörder, während wir zuvor von tragischen Unfällen mit einer Giftspinne ausgegangen waren. Zuerst dachte ich, er hätte die Spinne bereits nach den ersten beiden Morden entsorgt - aber gleichzeitig wurde mir klar, dass er sich das Messer auch bereits Stunden zuvor besorgt haben musste. Die einzig mögliche Schlussfolgerung war, dass er *wollte*, dass seine Taten nach Mord aussahen. Und wozu das alles? Dazu fiel mir keine andere Erklärung ein, als dass der Mord jemandem angehängt werden sollte. Und zwar Erika, denn das Spinnengift verwies eindeutig auf sie, und sie wurde auch per fingiertem Telefonanruf an den Tatort gelockt. Blieb dann nur noch die Frage, wem Erikas Verhaftung nützte. Die Antwort? Martins Geliebter. Also Ihnen. Eine eindeutige Logik, nicht wahr? Und in Logik sind Sie bestimmt hervorragend, vermute ich mal."

Penny trat direkt vor Schneiders hin und stemmte die Hände in die Hüften. "Geben Sie auf", sagte sie, "Martin wird Sie nicht heiraten. Er wird meinen Argumenten Glauben schenken. Und die Kriminalpolizei wird das ebenfalls tun.

Sie werden niemals Madeleines Unternehmen führen."

Schneiders stand einen Moment lang reglos da. Ihre Lippen bebten, an ihrem Hals pochte eine Ader. Dann sagte sie etwas sehr Seltsames: "George, Evakuierung." Und damit gingen im Abteil die Lichter aus.

In der plötzlichen Dunkelheit war Jürgen so gut wie blind. Er konnte nicht sehen, was als Nächstes geschah, er hörte nur ein leises mechanisches Surren, gefolgt von raschen Schritten, die auf ihn zukamen. Nein, die zur Tür hin strebten!

Rasch wandte er sich in die gleiche Richtung, doch dann schrie plötzlich Penny auf, und im nächsten Moment rammte ihn etwas Hartes in Kniehöhe. Der verfluchte Robo-Steward! Von ihm ging das Surren aus. Schneiders hatte den kleinen Blech-Kerl zu ihrem Komplizen gemacht.

Jürgen knickte um, ging zu Boden, und konnte nur noch schemenhaft erkennen, wie ein Schatten an ihm vorbeihuschte, zur Tür hin, die aufgerissen und gleich wieder zugeschlagen wurde. Schneiders! Sie versuchte, zu fliehen.

Er musste sie aufhalten, koste es was es wolle. Ein scheußlicher Schmerz pochte in seinem Knie, aber er zwang sich auf die Beine, humpelte auf den Ausgang zu, den er jetzt langsam erkennen konnte. Seine Augen gewöhnten sich zum Glück rasch an die Dunkelheit. Er stolperte auf den Gang hinaus, an dessen Ende Schneiders´ schattenhafte Gestalt bereits die Schleuse zwischen den Waggons erreichte.

Es folgte ein Zischen.

Die Außentüren, war alles, was Jürgen denken konnte. Der Mörderin war es gelungen, sie zu entriegeln. Wie sie überhaupt die gesamte Technik im Zug unter ihrer Kontrolle zu haben schien. Angefangen mit der Beleuchtung und dem vermaledeiten Roboter, der ihn gerammt hatte. *Verdammt.*

So schnell ihn seine Füße trugen, lief Jürgen den Gang entlang. Sein Knie fühlte sich bereits an wie eine dumpfe Masse, die aus nichts als Schmerz bestand. Aber er durfte Schneiders nicht entkommen lassen. Bei der Sichtweite in dem Schneesturm da draußen konnte sie sich innerhalb weniger Meter auf Nimmerwiedersehen in Luft auflösen. Abgesehen davon, dass sie bei einer Verfolgungsjagd unweigerlich beide erfrieren würden.

30.

7.32 Uhr

Penny griff dankbar nach der heißen Teetasse, die der Steward ihr reichte. Der Steward aus dem Lounge-Wagen, ein Mensch aus Fleisch und Blut. Von Robotern hatte sie fürs Erste genug.

Sie stand auf dem Gang, vor Schneiders´ Kabine – die Jürgen kurzerhand zu Schneiders´ Zelle umfunktioniert hatte.

Penny war in großer Angst um den tapferen Inspektor gewesen, als sie gesehen hatte, wie er hinter der Mörderin aus dem Zug gestürzt war. Hinaus in die Eiswüste, in der noch immer der Schneesturm tobte. Sie war den beiden gefolgt, in einigen Metern Entfernung, nachdem sie sich von dem Schlag erholt hatte, den George ihr verpasst hatte. Was für ein Name für einen Roboter! Und was für ein verdammt effizienter Rammbock der kleine Kerl war. Pennys Schienbein tat noch immer höllisch weh. Aber dennoch überwog die Freude, nein, der Triumph, dass nun endlich alles vorüber war.

All ihre Raffinesse und ihr technisches Know-how hatten Schneiders am Ende nichts genützt. Jürgen hatte sie eingeholt, draußen auf dem Bahnsteig, bevor sie sich im wirbelnden Weiß des Sturms hatte auflösen können. Der Kampf der beiden hatte nicht lange gewährt. Körperlich war Schneiders dem gut trainierten jungen Inspektor in jeder Hinsicht unterlegen. Schließlich hatte er sie – in Handschellen – zurück in den Zug gebracht, und sie sicher in ihrer eigenen

Kabine eingesperrt.

Bei ihrer anschließenden Befragung zeigte sich die Mörderin endlich geständig. Diesmal war es der Inspektor, der das Verhör führte, obwohl Penny es sich natürlich nicht nehmen ließ, durch die Tür ein wenig zu lauschen. Durch einen seltsamen Zufall war diese bloß angelehnt.

Schneiders schien nicht die geringste Reue für ihre Taten zu empfinden, sondern schilderte dem Inspektor jeden einzelnen Schritt ihres Planes, bis ins letzte grausame Detail. Dabei lag unüberhörbarer Stolz in ihrer Stimme.

Penny erfuhr im Wesentlichen nichts mehr, das sie nicht schon wusste oder wenigstens vermutet hatte. Obwohl es der Mörderin am Ende beinahe doch noch gelungen war, sich mit Hilfe von George der Verantwortung für ihre Verbrechen zu entziehen.

Schneiders hatte den Robo-Steward, der äußerlich seinen harmloseren Kollegen bis auf die letzte Schraube glich, für ihre Zwecke umprogrammiert. Der mechanische Komplize hatte auf ihren Befehl hin die Lichter ausgehen lassen und die Außentüren entriegelt, alles natürlich kabellos, wie das heutzutage üblich war. Und er hatte sich auch als recht brauchbare Waffe erwiesen, wie Penny und Jürgen am eigenen Leibe feststellen mussten.

Ihre Geheimwaffe jedoch, den viel kleineren Roboter, der nach Schneiders´ eigenen Angaben tatsächlich nur so groß wie eine Ameise gewesen war, hatte sie längst entsorgt. Das behauptete sie jedenfalls. Sie hatte ihn unter ihrem Schuhabsatz zu Schrott getreten und die Einzelteile dann in der Toilette versenkt. Auf die Frage hin, wie sie an das Spinnengift gekommen war, zuckte sie bloß mit den Schultern und sagte: "Internet Shopping."

Viel später, als endlich die Kriminalpolizei eingetroffen war und den Fall übernommen hatte, stand Penny ein letztes Mal mit Jürgen Moser auf dem Gang zusammen. Mit *ihrem* Inspektor, wie sie ihn inzwischen nannte. Natürlich nur in Gedanken.

Die Zeit für den Abschied war gekommen. Penny konnte kaum noch die Augen offenhalten. Sie fror, war hungrig und todmüde. Aber es war geschafft. Der Mord im Okzident Express war aufgeklärt. Die Mörderin zur Strecke gebracht.

"Super Teamwork", sagte sie zu Jürgen und schenkte ihm ein Lächeln. Er war wirklich ein attraktiver Mann. Wer weiß, vielleicht würde sie ihn einmal wieder treffen. St. Anton war schließlich nicht das Ende der Welt. Und sie war jetzt Single.

Er erwiderte ihr Lächeln mit einem schelmischen Grinsen. "Du bist unglaublich, Penny", sagte er. "Ich wage gar nicht, mir vorzustellen, welche Fälle du lösen wirst, wenn du erst mit deiner Ausbildung fertig bist."

Ihre Ausbildung. Sie wusste jetzt, dass sie die richtige Entscheidung getroffen hatte, auch wenn der Preis dafür verdammt hoch gewesen war. Ihr Berufstraum hatte sie ihre Verlobung gekostet, ihr Erbe und die Beziehung zu ihrer Mutter, auch wenn die ohnehin nie die allerbeste gewesen war. Aber Penny wusste nach dieser Nacht eines mit hundertprozentiger Sicherheit: Sie wollte nichts mehr auf der Welt, als eine echte Detektivin zu werden.

Hat es Ihnen gefallen?

Unterstützen Sie die Autorin und helfen Sie mit, dass auch andere LeserInnen von diesem Buch erfahren, indem Sie eine kurze Rezension auf ***amazon.de*** hinterlassen.

Herzlichen Dank!

Mehr von Penny Küfer?

TOD EINER SCHNÜFFLERIN

Penny Küfers zweiter Fall

Statt an der Detektivakademie für ihren Abschluss zu pauken, verschlägt es die furchtlose Jungschnüfflerin diesmal an einen Lost Place, in ein ehemaliges Grandhotel nahe dem Zauberberg Semmering. In den alten Mauern wohnt seit vielen Jahren nur noch die Erinnerung – und neuerdings ein besonders hinterhältiger Mörder. Und dann ist da noch dieses seltsame Gerücht über ein Geheimversteck voller Diamanten ...

Mehr von Alex Wagner?

Die Toten von Vindobona – der historische Krimi aus dem römischen Wien. Erhältlich bei amazon.de als Taschenbuch oder E-Book (kostenlos in Kindle Unlimited).

Printed in Poland
by Amazon Fulfillment
Poland Sp. z o.o., Wrocław

65506332R00115